i

为了人与书的相遇

田晓菲 著

赭城：

安达露西亚的文学之旅

RED FORT:

A LITERARY TRAVELOGUE OF ANDALUSIA

TIAN XIAOFEI

广西师范大学出版社
·桂林·

这部书，

我把它献给所安：

我的旅伴。

目　录

前　言

　　两年前的冬天，在赭城，因为揿错了数码相机的按钮，我丢失了这次西班牙之行拍摄的六十多张照片。这些照片的失落，是这部书的写作机缘：从某种意义上说，这本书，是对照片的遗失所作的补偿。

　　我相信最好的旅程有两种：一种存在于记忆，一种存在于想象。而记忆与想象之间的界线，原本就是很难分清的。

　　赭城是"阿尔罕布拉"（Alhambra）的意译，它来自阿拉伯语的"al-Qalat al-Hamra"，意即"红色的城堡"。它坐落于西班牙南部的格拉纳达（Granada）。早在公元九世纪的文字记载里，就已出现赭城的名号，但是直到十四世纪，它才被当时统治格拉纳达的摩尔王朝修建到现在的规模：一座独立于格拉纳达的皇城，一系列依倚山势迤逦起伏的宫殿与花园，一处融合了自然风景的美丽和浪漫悠久历史的建筑奇观。

　　赭城和西班牙南部安达露西亚（Andalucía）地区的历史密不可分。从公元八世纪到十五世纪，在长达七百年的统

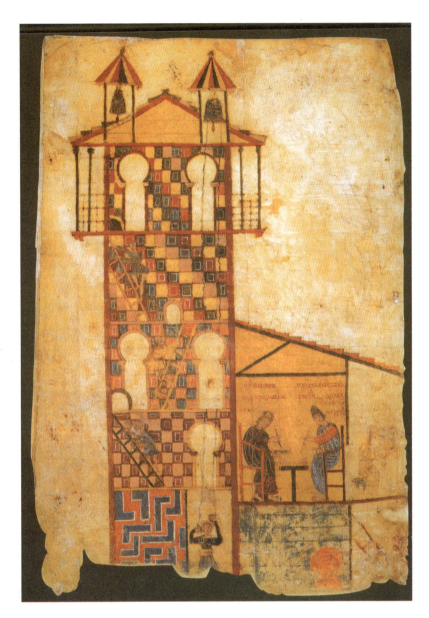

十三世纪早期手抄本册页

在一座摩尔塔楼中，两个书手在誊写。我以为这象征了文字的赭城。

治中，阿拉伯人在西班牙的土地上创造了辉煌的文化奇迹。充满神秘的赭城可以说是一个具体的象征，一座纪念碑。

但是，对后人来说，对每年数以万计从世界各地来到赭城的游客来说，赭城的魅力，还在于它是一座用文字筑造的城池。在三百年来的欧美文学中，也许没有哪一个地方像赭城那样，激起那么多作家与艺术家的想象，得到那么多赞美与叹息，被一次又一次描写与刻画。就像作为六朝故都的金陵，已经无法脱离那些围绕着它产生的诗文和传说而存在，赭城既是一处真实的古迹，也是一座文字之城，想象之城。

这本书是一部游记，记载了我们两年前所作的一次难忘的旅行。它同时也是一部"文学的游记"，因为里面穿插着对西班牙文学，特别是阿拉伯－安达露西亚文学的翻译和介绍，也穿插着欧美作家对赭城的歌咏和描写。旅行即将结束的时候，在格拉纳达的机场，我买了一册美国作家华盛顿·欧文（Washington Irving，1783—1859）的《大食故宫纪闻》（*Tales of the Alhambra*），从此，我意识到，真正的旅程其实才刚刚开始。

在阅读赭城的历史与文学的时候，我似乎重新经历了我们所去过的地方。我逐渐了解到另一个赭城：它不是位于安达露西亚平原之上、内华达雪山脚下的皇城，也不仅仅是欧美古典主义和浪漫主义作家在文学作品里歌咏过无数次的古堡废墟。它是一个古老、美丽而深邃的文化在空中架设的楼阁：一面是血腥，暴力，失败，耻辱，奴隶市场的锁链，荒芜，残缺；另一面巍峨、宏伟，丰富犹如一枚熟透的石榴，芬芳、优雅，好像一朵永远新鲜的素馨。三座深受阿拉伯文化影响的安达露西亚城市，柯尔多巴（Córdoba）、塞维拉（Sevilla）和格拉纳达，为我打开了三扇美丽的灰墁雕花的窗子，使我初次认识到阿拉伯—安达露西亚文明的灿烂、丰富与独特：它既不同于远东文明，也和基督教文明具有深刻的差别。

近年来，很多读者对"西方文化霸权"感到不平，但是，总是呼吁"西方文化霸权"，一方面简单化了本身即多元而复杂的所谓"西方"，一方面也抹杀了"我们"之间存在的差别，抹杀了每一个个体生命的独立与尊严；而另一方面，这样的呼吁把所谓的"我们"自动摆在了弱势地位，实际上是在削弱自身的主体性，是故意忽视自身所负有的责任，忽视自身的选择和决定权；是在话语层次上，把自己置于一个弱者和被动者的地位。换句话说，我们应该意识到，在当今的时代，每一个人都有选择的权利和自由，而这种选择的权利和自由，是人类最宝贵、最值得追求的东西。

在这样的文化语境里，介绍格拉纳达的赭城，介绍在中世纪西班牙开花结果、独秀一枝的阿拉伯文化，首先是为了让我们的读者多看到世界文化的一个方面，多打开一片辉煌灿烂的文化视野，多一种选择。我也更希望，我们不只是为了破除"欧美中心主义"才去了解基督教文明之外的其他文化，而能够为了它们本身的魅力而热爱它们。最终，我希望我们能够认识到，欧洲不同国家的文化不能以"西方文化"进行简单的概括，因为它们充满了鲜明的个性。之所以如此，是因为它们复杂而独特的文化历史：几乎所有的现代国家文化，都是由各种曾经敌对的力量构成的混合物。正是在这次旅程中，我看到西班牙不仅仅是巴塞罗那和马德里，不仅仅是高耸的哥特式教堂，银色的十字架，暴烈的公牛，斗牛士的绣花外套，少妇头上的玳瑁梳与黑色蕾丝面纱；它也是安达露西亚的平原与山脉，是映出塔楼倒影的方池，是悬垂着上千片"穆卡那"（muquanas）的流星四射的穹窿，是白垩墙壁，是雕花拱门与壁龛，是注满清水的瓦罐，是光明晶莹的摩尔喷泉。

在早期阿拉伯颂诗"盖绥达"（qasida）里，诗人常常歌咏爱人的遗迹：由于游牧民族的特性，诗人所爱的姑娘随着她的部落迁徙到他方，剩下诗人一个，在他们旧日宿营地的废墟盘桓。所爱的人已经去远了：篝火残烬正在渐渐冷却，帐篷支柱在地上留下的痕迹也渐渐被风沙掩盖起来。赭城便正是这样的一处遗迹。最后一个摩尔王国最后的城堡，它的伟岸的美丽，因为这个王国几乎从一开始就已注定了的覆灭，而带上了一层悲剧色彩。

文字，图像，也不过只是遗迹而已吧。"遗迹"是一个悖论：它是所爱的人曾经在场的见证，然而却又指向永远的缺席。在这些支离破碎的遗迹中，我们追寻某种东西：所爱的人，一个缥缈的影子，神明。我们用想象重新构筑那曾经圆满的存在；我们最后发现的，却常常是自己的面容。

在阅读关于赭城的记载时，我是如此沉迷于面前娓娓的图像与文字，有时，当我从散摊在周围的书本上抬起眼睛，在逐渐笼罩了一切的暮色中，我甚至怀疑，我们从未离开过波士顿，从未离开过这间书房。

窗外是秋天的树。不知不觉地，从我开始动笔写这本书到现在，已经过去了一个长长的、新英格兰的夏天。昨天下午一场狂暴的雷阵雨，使小花园变得安静下来。虽然今天早晨的明媚阳光对它多方抚慰，还是不能改变时间的行程。我从窗内旁观，永远地旁观，却没有意识到时间之水也在损伤着映在窗玻璃上的容颜。

谁又说大自然是重复的呢？这些波浪一样摇曳的向日葵，明年还会在这里，但那将是不同的向日葵了。想到这些，就觉得心目中赭城的存在，是令人安慰的。因为，无论一千年来，在历经战乱与炮火之后，它改变了多少，在我的记忆里，它永远都是那天夜晚，我们刚刚走出阿尔白馨（Albayzín）狭窄弯曲的小巷，迎面便看到高高的山顶上，因为夜色和山色的浓黑，而好像是悬浮在半空中的、金红色的、静静燃烧着的城池。那是属于我的赭城：时间的手触摸不到它，岁月不能加以改变；只有到我死去的时候，它才会随之消失。

赭城夜景

"我们刚刚走出阿尔白馨狭窄弯曲的小巷，迎面便看到高高的山顶上，因为夜色和山色的浓黑，而好像是悬浮在半空中的、金红色的、静静燃烧着的城池。那是属于我的赭城。"

一　启程

　　2001 年 12 月 13 日晚上，所安和我，与我们的朋友包弼德夫妇，从波士顿的罗根机场，开始了我们长达十天的西班牙之行。[1]

　　不过，这次旅行，其实真正开始于几样人类文明不可缺少的东西：文字，图像，饮食。十月的一天，我们备了一席土耳其餐，请包氏夫妇小酌。世传三大烹调：中国，法国，土耳其。所安的继母是土耳其人，所安向来对母亲的厨艺赞不绝口。我们曾经买到一本装帧精美的土耳其菜谱，里面众多照片，展示了各式美食美器，令我每次翻阅都馋涎欲滴。我至今还记得，我们按照这本菜谱烧的第一样菜，就是伊曼巴尤达（Imam Bayildi）——"令伊曼（长老）晕倒的佳肴"。这道菜的主体是茄子——土耳其人嗜茄，据说一个姑娘能用茄子做得出五十九种不同的菜式，就自然会赢得男子汉的心——洋葱，西红柿，当然还像大

1　包弼德本名 Peter Bol，在哈佛大学东亚系任教，治中国思想史。他研究唐宋文化转型的著作《斯文》（"*This culture of ours*"）已被译为中文。包弼德太太松村佐登美在东亚系教授日文。

多数土耳其菜式一样，需要成分慷慨的欧芹、零陵香、莳萝、青蒜、橄榄油。零陵香又叫罗勒、薰草或者九层塔，古称菌或蕙，是《楚辞》里最常提到的香草之一。十月的那个晚上，我们的餐桌上就有伊曼巴尤达。

我和所安都喜欢烹调：不是一日三餐为了果腹的做饭，那恐怕是连最贤惠的家庭主妇都会感到厌倦的；而是在难得的空闲时候，体验难得的奢侈：慢慢地，从容不迫地烧一两样精致的菜肴。这时候，就会觉得"君子远庖厨"诚然是一大损失，因为烹饪可以是如此性感的一种活动，从色彩到香味到触觉，都令人陶醉在一个丰富的感官世界里，使人的精神和肉体同时放松下来。

不过，喜欢烧菜的人，也必须遇到知音才有劲头。夫妻彼此称道，自然可以带来某种满足，但是做饭的人似乎都有过这种体验，就是饭做好之后，自己的胃口倒变小了，就好像嗅觉和视觉都太餍足了，抢占了味觉的乐趣。这时如果有擅长品味的朋友在座，一面尽情享受，一面极力夸奖主人的手艺，那真是会让主人大悦，因为在整个烹调过程中，唯一得不到犒赏的就是耳朵，现在总算可以在客人的赞美声中略为补偿了。包氏夫妇正是这样善于欣赏美食的客人，因此，那天晚上，主客都格外开心。

酒酣耳热之际，话题从土耳其转到穆斯林。彼时911事件刚刚过去不久，每个人的记忆中，都还鲜活地映现着两座巨厦在喧天的尘嚣中轰然倒塌的情景。我们谈到虽然现在有这样一部分采取残忍暴力手段的穆斯林，导致千百无辜平民的受难，但是，阿拉伯民族对欧亚文化和人类文明的贡献是怎样辉煌灿烂，不容抹煞。我们谈到西班牙的穆斯林文化传统，谈到从八世纪到十五世纪，阿拉伯人如何在安达露西亚平原，在一种相对宽容的宗教精神统治下，和基督徒、犹太人一起，共同创造出了人类文化史上的奇观。和创造比起来，毁灭容易得多，但是，毁灭不是回答。

在这样谈着的时候，我取出了一册西班牙旅游指南。那是由伦敦的DK出版公司印行的"目击者旅游指南"（Eyewitness Travel Guides）之一。这一系列之所以出名，是因为它详尽的介绍，丰富的图片，精美的印刷。每一册DK旅游图书，都是一件精致的艺术品，虽然有的时候，它会让人觉得只要熟读其书，又何必身临其境呢？想象的旅途自有一番况味，不一定比真实的旅途更好，但至少是完美的。

翻到西班牙南部的安达露西亚部分，首先跃入眼帘的，就是柯尔多巴大清真寺（Mezquita de Córdoba）的壁龛拱门。镶嵌着暗金、孔雀蓝与绛红花纹楔形石的马蹄形拱门上方，是长方形的阿菲兹（alfiz）：两行用库菲克（kufic）笔体书写的金色阿拉伯文字，在宝蓝色的背景下熊熊燃烧[1]。已经一千年过去了，这神圣的文明之火焰从来没有熄灭过。我们在灯下细细地观看，细细地欣赏。这道拱门，似乎不只是通往八角形的祈祷壁龛，更是通往一个灿烂、神秘、内在的美丽散发出不朽光辉的古老王国。

一切旅途，都是从想象开始的。

---

1 阿菲兹在阿拉伯语中，意即以雕刻或者线条装饰的长方形框架，通常用在马蹄形拱门上方。库菲克是一种早期阿拉伯书法，特点是方正端谨，中规中矩，逐渐被后来发展起来的潇洒"行书"取代。

柯尔多巴大清真寺的壁龛拱门

"这道拱门，似乎不只是通往八角形的祈祷壁龛，更是通往一个灿烂、神秘、内在的美丽散发出不朽光辉的古老王国。"

二 "我们搭地铁吧！"

——初到马德里

我们的第一站，是西班牙的首都马德里。

也许因为时差，因为旅途的疲倦，我对马德里的印象很平常：无非和所有的现代大都市一样，灰尘扑扑，川流不息。女人多穿皮裘，这和波士顿的冬日街景非常不同。中老年男子蓄着修剪得很好的胡须，有一种雍容的气度，但也让我想起波士顿西班牙领馆的那位签证官，年纪四五十岁上下，瘦长脸，非常仔细地把签证申请材料分成两小堆，其行动之缓慢，态度之郑重，气派之庞然，让我惊奇不已，似乎他手里翻阅的不是旅游签证申请表，而是了不起的国家级文件。在他几乎具有催眠力的动作里，我似乎看到一位戴着雪白鬈曲的假发、套着高高硬领的西班牙贵族，一点一点地丢失了美洲大陆。某一份表格明明就在面前，他也视而不见，必得由我指出，才意识到自己刚刚与它失之交臂。

到达马德里机场的时候，不过早晨十点钟。我们下榻的旅馆坐落在马德里市区中心的格兰维耶大道（Gran Vía）上。这条横贯东西的大道于 1910 年开始修建，整个工程因为持续了数年之久而成为一出轻歌剧的讽刺对象。讽刺归讽刺，如今的格兰维耶大道是马德里的主动脉，竟日车水马龙，行人络绎不绝，两旁更有很多被当地人引以为荣的建筑。

休息片刻，我们出去吃了一顿丰盛的午餐，饭后在街上徜徉，又走进一家咖啡店。付款的时候，四个人算来算去，啰唆不清。佐登美作了一个提议：不如两家人各把相等数目的一部分现金放在一起，以后凡是需要付账，都从这只公共金库里取钱。这办法省去了很多麻烦，大家都觉得极好；佐登美自告奋勇担当保管钱袋的任务，大家也都快乐接受，毫无异议。谁想到很快就发生变故，使我们的西班牙之行从第一天起即充满了戏剧性。

喝过咖啡，大家决定一起前往马德里火车站，购买次日去柯尔多巴的车票。叫了一辆计程车，不消片刻就到了。火车站居然拥挤不堪。所安和弼德自然而然被派去售票口排队，我和佐登美来到火车站另一端，发现一座极高极大的温室，玻璃穹顶大约有几层楼那么高，中央一个巨大圆池，种着庞然的棕榈，还有各种叫不出名字的热带植物，全都生长得郁郁葱葱，在白炽灯光和自然天光的照射下，呈现出一种奇异的苍绿。我们注意到很多人围在池子旁边观看，断定必有好处，于是也凑上前去。果不其然，只见许多大小不一的乌龟，最小的只有巴掌大，在水里挨挨挤挤，时沉时浮。观赏一番之后，我们拣了一个清静的地方坐下，开始喁喁私语。不久，两个男人就买好车票，过来招呼我们了。

出得车站，包弼德建议我们搭地铁回旅馆，因为只有四五站而已，又可以体验一下马德里地下民风。大家欣然同意。我心里却有些嘀咕，一方面是贪懒，觉得计程车比较安逸；一方面我向不喜欢暗无天日的地铁，何况这是星期五下午，下班的高峰期。不过其他三人都跃跃欲试，我也只好从众了。

在地铁车厢里，两个身材不高但十分结实的年轻人站在我和所安之间。开始，我没有怎么注意他们，但慢慢地，我发现其中一个不断挤在所安身上，另一个则肆无忌惮地盯着我，即使我报以反感的目光，他也不肯挪开眼睛。我留神打量，他们的脸相中，有一种粗硬的神情。我一边用中文提醒所安小心在意（中文成了我们的暗语），一边紧紧抓住自己的手袋。这时，地铁到站，很多人下车了，那两个年轻人也终于移到了别处，我这才稍微松了一口气。看看周围，发现包氏夫妇分别站在靠近车门的地方，神态轻松自如，这多少让我放心了一些。

没过多久，我又开始觉得不安起来，因为车上虽然不再像刚才那样拥挤，但是有一对肤色黝暗的男女却在不断移动位置，有一会儿工夫，那个女人简直完全靠在了我身上。我努力躲闪她沉重的肉体，心里只觉得奇怪，真是好不容易才盼到下车。

总算平安回到了旅馆。大家分头回房间休息，约好七点钟去吃饭。小睡片刻，觉得精神振作了很多，肚子也饿了。到得七点钟，我们走出房门，却只见到包弼德一个人，神色不安地告诉我们佐登美在找她的钱包。在走廊里等了很久，佐登美终于走出房间，满脸都是沮丧，向大家报告说：她的钱包，还有那只装着大家所凑份子的小钱袋，本来是放在手提袋里的，现在全都不见了。大家听了之后，面面相觑，我立刻想到地铁上那几个形迹可疑的人。我们一致断定：佐登美成了马德里地下民风的牺牲品。因为失去了大家凑的份子，佐登美觉得格外难过。包弼德总结道："看来凑份子不是什么好主意！"可怜佐登美听了这话，几乎要哭出来了。我们安慰她许久，佐登美的情绪才渐渐恢复过来。

旅程的第一天，西班牙便显示出了它犷野的一面，给了我们这些毫无思想准备的旅客一个结结实实的下马威。虽然世界各地都有扒手，但总觉得被自家城市的扒手摸去钱包是"楚人失之，楚人得之"，尤其是在熟悉的环境里，还不至于太感到无助；但假如在一个陌生的城市，陌生的国家，不幸遇到这样的事情，被侵犯的感觉似乎格外强烈。

一夜无话。直到次日上午，我们都已经到了柯尔多巴，我们一起翻看佐登美在旅行前专门去哈佛书店买的西英小字典，忽然注意到，在这本崭新字典的塑料封皮正中，竟然有一道齐齐整整的裂纹，好像是被刀子割破的一般。佐登美在惊讶之余，开始检视她的手提袋，这才发现手袋底部，被马德里地下铁里面的窃贼，用利器划开了一道长约五寸的口子。

西班牙之行，就是这样开始的。那时，我们还不知道，失与得的旋律，将贯穿整个旅程。

三　旅途中的旅途

　　12 月 15 日早晨，火车准时启动。坐在整洁的车厢里，眺望着窗外美丽的西班牙原野，马德里的奇遇渐渐淡远了。土壤变得越来越红，远近山丘嶙峋多骨，有许多森森裸露的白岩。不时看见苍翠的橄榄园。还有古城堡的废墟，孤零零地兀立在起伏的山坡上，令人记起这是堂吉诃德的国度。

　　很少见到人。偶有瘦羊只，在岩石间低头啃青草，对呼啸而过的火车不赞一词。小湖清平如镜，嵌在山中。

　　虽然我们到西班牙之后的第一站是马德里，这次旅行的主要目的并不在此。安达露西亚诗人加西亚·洛尔伽（Federico García Lorca，1898—1936）在他的一首诗里描写的三座城市，无意中勾勒出了我们的路线图：

　　树，树，
　　干又绿。

　　脸庞美丽的姑娘
　　去采摘橄榄。

风，塔楼上的荡子，
把她拦腰抱住。
四个骑手经过，
骑着安达露西亚的小马，
穿着天青和碧绿的外套，
披着长长的黑大衣。
"到柯尔多巴来吧，姑娘。"
姑娘置之不理。
三个年轻的斗牛士经过，
他们腰肢纤细，
穿着橘红色外套，
佩带着古银剑器。
"到塞维拉来吧，姑娘。"
姑娘置之不理。
夜色渐渐发紫，
光线渐渐分散，
一个年轻人经过，
手拿玫瑰长春藤。
"到格拉纳达来吧，姑娘。"
姑娘置之不理。
美丽脸庞的姑娘
继续采摘橄榄，
风的灰色手臂
围抱住她的腰肢。

树，树，
干又绿。

柯尔多巴，塞维拉，格拉纳达，这三座城市，是安达露西亚的珠宝。一个采摘橄榄的姑娘，好像流光闪烁的银线，把这三颗珍珠串在一起，却又把它们一一推拒开来。这种吸引和推拒之间的张力，构成了歌谣的魅力。

橄榄园
"树，树，干又绿。"

在西班牙文化中，存在着两种相反而又相成的因素：一方面，是极端的感性美和官能的享受，一方面是宗教性的严厉。它们之间的关系错综复杂，并非简单的相互排斥。如果没有后者，前者会失去形状，不能成就任何像样子的东西；如果没有前者，后者会变得干涸与荒芜。强有力的激情，需要一双强有力的手的节制，才能成为艺术。

　　灰色的风，干绿的橄榄树，是安达露西亚平原的典型景致，和色彩鲜艳的骑手、穿着橘红色外套的斗牛士形成对比，也和年轻人手中的玫瑰与长春藤形成对比。姑娘不为过路的诱惑者所动，却屈服于大自然的力量。就像许多洛尔伽的诗一样，这首诗暗示了某种悲剧，也具有强烈的宿命意味。

　　洛尔伽是二十世纪最伟大的西班牙诗人。他的诗歌简单而神秘，结合了西班牙文学传统和现代人的情感体验。他出生在格拉纳达西面的一个小村庄，母亲是一位教师，父亲拥有地产，因制糖业而发达。洛尔伽十一岁的时候，全家人迁到格拉纳达城中定居，不过每到夏天，他们还是会回到乡下的家里避暑。安达露西亚的土地，按照洛尔伽自己的说法，"在我生命中成就了伟大的东西。"[1] 终其短暂的一生，他在作品中所极力表现的，是"安达露西亚的灵魂"。1936 年，洛尔伽神秘地失踪了。最流行的说法是他被西班牙佛朗哥政府的纳粹分子秘密枪决，尸体丢弃在某

1　克利斯托弗·毛尔（Christopher Maurer）译：《深歌及其他》（*Deep Song And Other Prose*，New York: New Directions, 1980），第 132 页。

处乱坟。但也存在另外的说法：他是同性恋者，在婚礼前夕解除了和未婚妻的婚约，这在西班牙风俗中被视为对未婚妻的莫大羞辱，为了捍卫家庭荣誉，他的未婚妻的兄弟杀死了洛尔伽。

洛尔伽的诗，明显受到了西班牙歌谣的影响。西班牙歌谣传统丰富多彩，是欧洲歌谣最发达的传统之一。它们咏唱爱情与战争，骑士的冒险，古老的传说，以及基督徒与摩尔人的边塞冲突。西班牙歌谣至少在十四世纪就已经流行，甚至可以追溯到更早，不过，我们现有的歌谣是从十六世纪传下来的印刷文本。从十五世纪开始，加斯底语（castilian）成为西班牙的官方书写语言，在加斯底语里，这些歌谣被称为"罗曼斯"（romance，传奇）。它们长短不限，一般来说每行有八个音步。就像在口头文学传统里常见的那样，这些歌谣的词句随着每一个歌者和每一次歌唱而发生变化，因此，一首谣曲，往往有数种不同版本，没有哪个版本是"原本"或"真本"。它们善于用朴素的语言，讲述情节单纯、甚至支离破碎的故事，或者只是呈现一种情境，描述一个瞬间。它们优美而富于感染力，我称之为"叙事性抒情诗"。

在洛尔伽的诗里，采橄榄的姑娘受到过路男子的挑逗，但她抵御了他们的引诱。从马德里到柯尔多巴的旅途是漫长的，在漫长的旅途中，也许我们可以一起聆听故事的另外一个版本，诱惑的另一面。

伽拉达 [1]

在窗子旁边的靠椅上，
伽拉达一人独坐，
她看到一位英俊骑士，
正从大街上走过。
"来吧，上来，我请求你，
到我这里来吧，我的骑士。"
"我一定来，美丽的小娘子，
哪怕丢掉性命，也万死不辞。"
当他打开房门，
不由大为惊慌：
一百颗头颅
悬挂在房梁。
其中一颗首级不是别人。
正是骑士他自己的父亲。
"伽拉达，伽拉达，这些
是什么东西，悬挂在这里？"
"是我花园里的恶枭，
我割下了它们的头。"
"孕育出这些恶枭的园林
真应该遭受诅咒！"
"你要是懂事，你就要当心，

---

1 罗杰·莱特（Roger Wright）译：《西班牙谣曲集》（*Spanish Ballads*, Liverpool: Liverpool University Press, 1987），第39—40页。

举止有礼貌，不要出声音。

不然到了今晚。

你的头就会和它们作伴。"

伽拉达端出食物，

骑士没有胃口；

伽拉达捧出美酒，

骑士拒不沾唇。

到了午夜，午夜钟敲，

伽拉达四下寻找。

"伽拉达，你怎么了？

你在找什么东西？"

"我的金柄解手刀，

刚刚还在这里。"

"你的金柄解手刀，

它的价格很高昂。"

他一边说，一边把它

插进了她的心脏。

"仆人，开门，

快把大门打开。"

"不成，先生，我不能开门，

我就是愿意，也还是不行。

要是被她发现了，

伽拉达会要我的命。"

"不用担心，不用害怕，

我已经杀了你的伽拉达。"

"啊呀，先生，上天保佑你，
也保佑你的父母双亲！
这里进来了那么多骑士，
一个也没能再迈出大门！
现在你必须带我一起走，
我要一辈子做你的佣人。"

伽拉达的仆人很会讲漂亮话。也许就是因此他才能够以男子之身服侍伽拉达那么久而未遭砍头之祸。而从另一方面来看，凡是被伽拉达杀死的，明显都是和她属于同一社会阶层并受到她的美色诱惑的男子，包括本诗中骑士的父亲。仆人的善祷善颂——"上天保佑你，也保佑你的父母双亲"——落了空。不过骑士也算是得到了惩罚：在他答应伽拉达的请求时，他曾慷慨许诺："哪怕丢掉性命，也万死不辞。"可是歌手随即告诉我们：骑士一进房门，便大为惊慌。他的许诺，就和所有的海誓山盟一样，使用了夸张的语言，但他又哪里会想到，"美丽的小娘子"竟然把他的诺言当真了呢。

谣曲表面的单纯，掩盖了内在的复杂：既然伽拉达已经杀死了那么多骑士，而且把他们的头悬挂在房梁上，为什么以前的那些骑士都没有像我们的男主人公那样受到震动呢？还是说他们力不从心，不能随机应变？还是说他们允许自己沉溺于酒色与饮食，忘记了近在眼前的危险？还是说他们缺少我们的男主人公那样的沉着冷静，没有及时藏起伽拉达的金柄解手刀？

或者，不是那一百颗头颅让我们的男主人公大为震动，而是他父亲的首级。以前来到这里的骑士们虽然也看到人头，但他们也许都相信自己是与众不同的，可以改变伽拉达的心，避免重蹈前人的命运。因为这样的自信，他们一个接一个地倒了下去。他们的个性还没来得及存在就被抹杀，成为房梁上悬挂的众多人头之一。

另一个问题是：午夜时分，在伽拉达开始寻找她的金柄解手刀之前，到底发生了什么？为什么他们都还没有睡下？是否他们刚刚满足了对彼此的欲望，而死亡的阴影永远笼罩着性的高潮？

当然，最好是从一开始就抵御诱惑。在下面的歌谣中，我们看到的不是常见的"贵族老爷引诱牧羊女"的故事：就像上一首谣曲那样，性别角色被倒置过来。

贵夫人和牧羊人 [1]

> 年轻的贵夫人
> 漫步在花园，
> 脚上没穿鞋子，
> 看起来好像天仙。
> 她扬声从远处召唤，
> 可我不愿意回答，
> 我满怀不悦地问她：
> "到底你想要干吗？"

1　《西班牙谣曲集》，第23—24页。

她对我好言好语，
声音里全是爱意：
"到我这儿来吧，牧羊人，
要是你想得到乐趣。
现在是正午时分，
应该吃喝，应该休息，
要是你到我这儿来，
好处不胜枚举。"
"我没有时间休息，
也没有时间吃喝。
我有老婆孩子，
一家大小养活。
我得赶去山里，
圈起散漫的羊子，
那些看羊的牧人，
没得吃也没得喝。"
"上帝保佑你，牧羊人，
不过你不懂什么东西最好，
我的身子是宝贝，
还有别的给你瞧：
我的腰肢纤细，
我的皮肤洁白；
我的脸色红润，
好似玫瑰初开；
高高顶起长袍的，

是我结实的乳房；
我的脖颈多细嫩，
我的眼睛多明亮！
那被衣服隐藏的东西，
打开看一看也很美丽。”
"无论你有什么给我，
我没有时间给你。"

　　就这样，牧羊人拒绝了贵夫人的诱惑。她代表无忧无虑的享乐——肉体的爱情，饮食，休息；他则忠于职守和责任：作为一个牧人，作为丈夫和父亲。他不是不能赏鉴贵夫人的美貌：在他眼里，她"看起来好像天仙"。这使他的拒绝更有力度，更加珍贵：完全不受诱惑、没有弱点的人，算不上英雄。

　　有意思的是，贵夫人必须亲口一一描述她的身体部位的美，就好像牧羊人自己看不出来似的。贵夫人的描述，对读者形成一种诱惑。一方面我们沉迷于她肉体的魅力，另一方面我们也急于知道结果如何：牧羊人到底有没有能够抗拒她？歌谣成为欲望的磁场，它的直线性时间结构也就是欲望本身的发展结构：针对欲望的目标，一往无前，毫不迟疑。更有意思的是，她对自己直言不讳的呈现（对诗外看不见她容貌的读者尤其如此），却结束在对"隐藏的东西"的暗示中。这种语言的"打开"，充满了挑逗性，因为它指向隐藏，指向遮盖住一切的衣服，但同时也指向未来的、真实生活中的"打开"。

贵夫人用她的所有勾引牧羊人，目的在于用她的所有交换牧羊人的所有：他的性爱，他的陪伴。他则强调牧羊人一无所有（"没得吃也没得喝"），除了责任与工作之外。最重要的，是他"没有时间"。他的回答出现在贵夫人长长的陈述之后，非常简洁有力。欲望被阻挠，被牧羊人的"缺乏"（从时间到言语的缺乏）颠覆，歌谣也就戛然而止。

　　一首诗，如果以欲望作为结构，会一直延续下去，即使是在诗行结束的时候。火车离柯尔多巴越来越近了，让人想起洛尔伽著名的诗，《骑手之歌》：

　　柯尔多巴。
　　遥远又孤独，

　　黑色小马，大月亮，
　　鞍袋里装满橄榄。
　　虽然我知道路线，
　　我永不会到达柯尔多巴。

　　穿过平原，穿过风，
　　黑色小马，红月亮。
　　在柯尔多巴的塔楼里。
　　死亡在守望。

　　呵！这路有多长！
　　呵！我勇敢的马儿！

呵！可是死亡正等着我，

在我到达柯尔多巴之前！

柯尔多巴。

遥远又孤独。

　　有人说，这首诗代表了洛尔伽诗歌的精髓：永远不能
实现、因此也就永远生存的欲望。就连欲望本身，都是含
混不清的，只是被暗示而已，因此，自然更是永远无法得
到满足。[1] 为什么骑手要前往这座城池？又为什么会自知不
能达到？他不是迷了路，也不是没有良马，也不是缺少干
粮。既然他知道死亡在柯尔多巴的塔楼里守望他，为什么
他还是要前去？是什么内在的力量在驱使他，使他不得安
歇？柯尔多巴，到底代表了什么呢？

　　在诗人的手稿里（写作日期是 1924 年 7 月 4 日），最
后一段原本有这样的一行："我的女孩！我爱的女孩！"但是
被诗人划掉了。那么，也许骑手是为了对爱情的追求才踏上
旅途的，不过，当然也有可能是在思念他留在家中的情人。
被删除的诗句，常常出现在洛尔伽诗集的注脚里，构成了文
本的一部分：在阅读这首诗的时候，我们不能不想到诗人亲
笔抹掉的 "女孩"。她的缺席变得明显；她的沉默变得响亮；
她被取消的在场，永远绰约地浮动在这首诗的地平线上。

1　克利斯托弗·毛尔编：《弗雷德里克·加西亚·洛尔伽诗选》（*Collected
　　Poems*, New York: Farrar, Straus and Giroux, 2000），《前言》。

灰绿色的橄榄园，在明亮阳光的照耀下几乎变成深黑。从马德里到柯尔多巴的路上，当我从火车窗中眺望外面景色的时候，我竟恍惚觉得，这些景色的存在，是为了印证多年前读过的诗歌：

风景

这里的扇子，是头戴黑色蕾丝面纱的西班牙妇人手中所执的那一种：不断微微颤动着的，繁复的花边，好像亚热带巨大的蝴蝶翅膀。

橄榄树的原野
张开又合起，
好像一把扇子。
在橄榄树林上
一片深陷的天空，
和冷冷的星辰雨。
水烛草和黄昏
在河岸颤栗。
灰色的空气在波动，
橄榄树充满了

橄榄树的喊叫声，是小小而尖锐的，让人想起达利（1904—1989）的超现实主义绘画。或者，用洛尔伽自己的诗句来做笺注：

颤栗纠结在
尖叫声的黑色根须。

——诗剧《血婚》

小小的喊叫声。
一群笼中鸟
在暗影里
摇晃它们长长的、
长长的尾翼。

村庄

在光秃的山丘上，

　　　　有一座耶稣受难像。

清泉水

　　　　和上百年的橄榄园。

从狭窄的街道，

　　　　走过披着大氅的男子；

塔楼上，

　　　　风信标转个不停，

　　　　　　　永远永远

　　　　　　　　　转个不停。

呵，失落的村庄，

　　　　浸透了泪水的安达露西亚！

　　这两首诗，《风景》和《村庄》，都选自洛尔伽的《深歌集》（*Poem of the Deep Song*, 1921）。深歌（deep song）是安达露西亚的传统民歌，它糅和了阿拉伯、犹太和吉普赛传统，到十九世纪后期，它开始从破败的小客栈进入城市音乐厅中的弗乐明柯（Flamenco）演奏会。用洛尔伽自己的话来说，弗乐明柯和深歌的区别，代表了"地方色彩和精神色彩之间的深刻区别"。

　　深歌凡四种。[1]

1　详见卡罗斯·保尔为洛尔伽《深歌集》（San Fransisco: City Light Books, 1987）所作前言。

吉普赛的斯吉利亚（siguiriya）：洛尔伽相信，这是深歌的原型。在歌唱的时候，情感强度不断上升，常被突如其来的痛苦叫喊——"哎呀！"——打断，并间有同样突如其来的沉默。在结束时，歌声和吉他声一起逐渐消失。《风景》者即是。

索利亚（soleá）：索利亚是安达露西亚方言对索利达得（soledad）一词的变形，意即孤独。伴舞而歌，回顾悲哀往事，《村庄》者即是。

萨伊塔（saeta）：这是塞维拉在"圣周"中的祈祷歌词。通常是清唱，没有吉他伴奏，在宗教游行结束时唱给圣母或者耶稣的神像作为献礼。萨伊塔意即箭矢，因此在后面所引的《弓箭手》和《塞维拉》这两首诗里，实乃一语双关。

皮特涅拉（petenera）：通常不被视为深歌的一部分，而被视为深歌和弗乐明柯之间的中曲。有舞蹈，并由吉他伴奏。

不过，正如洛尔伽的英文译者卡罗斯·保尔（Carlos Bauer）所说，《深歌集》并不是深歌的模拟之作，而只是深歌所唤起的意象、主题和情绪，力求代表洛尔伽心目中深歌的精神。在深歌背后，是洛尔伽终其短暂一生所极力试图表现的"安达露西亚的灵魂"。

四　金橘与石墙

在神秘的黑暗里，

柯尔多巴从不动摇……

——洛尔伽：《圣拉斐尔（柯尔多巴）》[1]

我对柯尔多巴最清楚、最强烈的印象是什么呢？如果这么问我自己，恐怕一时竟有些说不出，因为柯尔多巴是如此丰富的一座城市，虽然我们在这里的逗留只有两天，它已经在我心中留下了许多色彩鲜明的记忆。我最终选择说出来的，也许会让所有熟知柯尔多巴的历史、文化与风俗的人们感到不屑吧，因为这座古老的、可以上溯到公元前二世纪的罗马帝国时期（也就是我们的西汉王朝）的城市，实在有许多美丽的遗迹值得自豪，而它给我留下的最深印象，却是安达露西亚极为常见的自然景观。在柯尔多巴的街道两旁，到处都是橘子树和柠檬树。这些树，郁郁

1　圣拉斐尔是柯尔多巴的守护天使。

累累地挂满了沉甸甸的果实，在浓密苍翠的树叶掩映下，好像无数个金黄色的小月亮。十二月，是橘子成熟的季节，有些橘子已经熟透了，落到地上了，也没有人把它们拾捡起来，好像就要这样任凭它们腐烂在街头。

在我看来，这景观代表了安达露西亚的一个方面：并非"浸透了泪水"，而是明媚，新鲜，芳香，具有某种童话的气氛。我在前面写道，在西班牙文化中，存在着两种相反而又相成的因素：一方面是极端的感性美和官能的享受，另一方面则是宗教性的严厉。其实，还有第三种因素，它构成了西班牙文化传统中至为明朗优美的一部分，那就是从八世纪到十五世纪，在安达露西亚平原上创造了辉煌奇迹的阿拉伯文化。

柯尔多巴位于西班牙最长河流之一的瓜达拉维尔河（Guadalquivir）岸边。瓜达拉维尔河谷春秋和暖，夏天炎热而漫长，盛产橄榄和葡萄，有许多的橄榄园和酿酒作坊。公元前二世纪，罗马执政官马西琉斯（Marcellus）在柯尔多巴建立了一个殖民地，这就是柯尔多巴城的起源。公元 711 年，穆萨·伊贲·纽赛尔（Musa Ibn Nusayr）[1]，北非的总督，派他的将军塔里克（Tariq），率领一支强大的阿拉伯军队（虽然其中绝大部分并不是阿拉伯人，而是非洲西北部的原住民柏柏尔人，通常被称为摩尔人），开始了对伊比利亚半岛的征服。稍后，穆萨带领另一支军队，

---

1 伊贲，也作"伊本"，是"儿子"的意思，常见于阿拉伯人名。"伊贲·纽赛尔"意即"纽赛尔之子"。

柯尔多巴塔楼

"在神秘的黑暗里，柯尔多巴从不动摇。"

34　赭城　Red Fort

亲自出征。西班牙当时的统治者是日耳曼血统的维西歌斯（Visigoth）王室。公元712年，维西歌斯国王罗得里克（Roderic）战死，阿拉伯人闪电般地征服了包括柯尔多巴在内的西班牙南部主要城市。那些誓死抵抗的城市，成年男子被杀，女人和小孩成为奴仆。柯尔多巴似乎就属于这些不幸的城市之一。而对那些愿意归顺的城市，他们则保证基督徒和犹太人可以继续享受宗教信仰的自由，并允许原来的维西歌斯贵族继续他们在当地的统治，只要他们不支持抵抗者，并向阿拉伯政府纳贡。

据历史学家理查德·弗莱彻（Richard Fletcher）说，按照早期伊斯兰教习俗，凡是穆斯林，除了济穷的宗教义务之外，都可免交租税；基督徒和犹太人则不享有免税的特权。因此，阿拉伯政府并不勉强基督徒和犹太人放弃他们原来的信仰，恐怕一半也是为了保证政府的财政收入。[1] 不过，我们不知道这种"早期"习俗延续了多久。这一历史时期流传下来的材料非常少，不足以让我们对当时的社会结构有详细的了解。我怀疑这一制度不能维持太长的时间，因为很多基督徒和犹太人（至少是那些城市人口）皈依了伊斯兰教，如果全都可以借此免税，阿拉伯政府的财政岂不是要大受损失？

我们对八世纪西班牙的了解，主要拜一份简短的拉丁文叙述之赐。这份叙述习惯上被称为《754年纪事》（*Chronicle of 754*），因为它所叙述的历史事件终结于公元

1　理查德·弗莱彻著：《摩尔人的西班牙》（*Moorish Spain*, Oakland: University of California Press, 1992），第35—36页。

754年。它的作者，可能是托雷多（Toledo）的一个文书。据这份史料记载，公元712年的年底，穆萨被大马士革的倭马亚（Umayyad）王朝召回。在离开西班牙之前，他把统治这片新征服的土地的任务交给了他的儿子，阿布德·阿尔·阿齐兹（'Abd al-Aziz）。阿齐兹迎娶罗得里克的遗孀为妻，和归顺的维西哥斯贵族建立起良好的关系，继续发展并巩固了他父亲开拓的疆域。这些定居在西班牙南部的阿拉伯和柏柏尔武士，据估计在十五万到二十万人之间。

八世纪中期，在叙利亚的大马士革，一直在名义上统治着安达露西亚的阿拉伯倭马亚王朝被推翻，阿拔斯（Abbas，566—652）建立的新王朝于公元762年定都巴格达，把阿拉伯帝国的政治与文化中心进一步向东方推进。公元756年，倭马亚王室唯一的幸存者阿布德·阿尔拉曼（'Abd al-Rahman，731—788）流亡到柯尔多巴，在这里开始了长达两百多年的倭马亚王室的统治。

十世纪是倭马亚王朝的黄金时期：在阿尔拉曼三世（'Abd al-Rahman Ⅲ，891—961）和他爱好文艺的儿子阿尔哈克二世（Al-Hakam Ⅱ，961—976在位）的统治下，柯尔多巴成为西欧最繁荣的城市和最重要的文化中心。公元929年，阿尔拉曼三世正式摆脱了正统伊斯兰王朝的权威，自称"哈里发"（caliph）。哈里发是"穆罕默德传人"的意思，在伊斯兰教的传统里，只可能有一位合法的哈里发。如果用我们所熟悉的历史加以解说，那么，哈里发相当于"天子"的名号。弗莱彻提到，阿尔拉曼三世的"僭越"之举对于一个"远处伊斯兰世界西隅"的小小王国来

阿尔拉曼三世是一位雄才大略的哈里发。据说他为了强调自己的阿拉伯血统，特地把头发染成黑色；但实际上，他长得更像他的金发碧眼的母亲。

说显得"荒唐可笑"[1]，不过，他似乎忘记了，这个小小王国的统治者是大马士革倭马亚王室的后裔，要是从血统来说，他们比巴格达的阿拔斯王朝恐怕还要"正统"一些吧。

我们下榻的旅馆，帕拉朵－柯尔多巴（Parador de Córdoba），就建在阿尔拉曼一世的夏宫遗址上。"帕拉朵"在西班牙古语里有"雅舍"之意，是从二十世纪二十年代开始由西班牙政府拥有和经营的旅馆系列。它们分散在西班牙各地，大多从古代建筑——宫殿、修道院、城堡、私人宅邸——翻修而成，坐落在风景优美的地点，提供精美的饮食。

据说，阿尔拉曼一世初到柯尔多巴的时候，非常怀念故乡的风景，于是命人在御花园里种植大马士革的草木：石榴树和棕榈。当第一棵棕榈栽种在他的花园里时，他写了一首诗纪念这件事。仅仅这样一则小小的故事，就足以让我对这位去国离乡的摩尔国王产生好感了：他似乎是一个怀旧而善感的人，不是一位毫无心肝也缺乏风雅的君王。

在帕拉朵的花园里，的确有很多高大的棕榈，还有一排排整齐的橘子树和柠檬树，好似绿色小舟，满载黄金果实。在这里，我第一次见到葡萄柚树，见到挂在枝头而不是在超级市场售货架上的硕大无比的葡萄柚。

在旅馆旁边漫步的时候，我们注意到一段石墙，那是阿尔拉曼一世的夏宫唯一的遗迹。当风吹动棕榈树的时候，我幻想听到了阿拉伯君王因怀念故国而发出的叹息。

---

1 《摩尔人的西班牙》，第 77 页。

柯尔多巴街景

"当风吹动棕榈树的时候,我幻想听到了阿拉伯君王因怀念故国而发出的叹息。"

自从你放逐我

自从你放逐我
　　夜晚变得漫长

　　　呵，违约的羚羊

　　　你难道忘记了

　　　那天夜里
　　我们在玫瑰床上休憩

　　满天星斗仿佛闪烁的珍珠
镶嵌在天青石上

阿尔拉曼五世
（'Abd al-Rahman V，? —1024）

对于一个君王来说，欲望的阻挠往往是一种过于奢侈的体验。

人世的运转，依赖欲望的存在。当一切欲望一旦产生就得到实现的时候，欲望根本没有机会生存。而人世的多少快乐，都在于延宕欲望的满足！节日开始之前的期盼，胜似节日本身的享受，难道不是每个人都体会过的情形吗？

如果周围所有的人，都急切地渴望满足你的哪怕最小、最任性、最转瞬即逝的欲望，这是一种诅咒。

阿尔拉曼五世谈到被所爱的人"放逐"。这让人想到他的祖先阿尔拉曼一世也是遭到放逐的：不是被他的爱人，而是被他的敌人。柯尔多巴不是故乡，但阿尔拉曼一世把流亡之地建成了一座美丽繁荣的城市。当他被流放进漫长的黑夜和漫长的欲望，阿尔拉曼五世找到了诗歌，在诗歌里，建造起一座美丽的文字之城。最有权力的人，渴望在爱情中失去权力：是这种渴望，把一位君主变成一个可亲的人。

不过，也许这只不过是诗人的狡狯而已：没有什么情人，也没有放逐，伊斯兰教的君王永远都能轻易地得到他的所爱，毋须忍受被拒绝的痛苦或者等待的折磨。一个成熟的诗歌传统，可以提供现成的情绪，现成的意象。我们永远也不知道，那个完美的夜晚，星斗好似珍珠镶嵌在天青石上，是情人的、还是诗人的想象。

顺便需要指出的是：这种对诗歌传统的遵循——比如把酒比作太阳或火焰，都是约定俗成的比喻——虽然在我们这些现代读者看来似乎不够个人化，但我们不能用自己的时代习惯来评判和理解中世纪的文学。我们应该记住：

在这一时期，诗人创作诗歌不是为了凸显他们的"个性"；诗歌创作是当时宫廷文化和贵族生活不可缺少的一部分，它为一个贵族成员提供了和其他贵族成员分享同一种文化、展现风雅和机智的机会。它也是一种精致的乐趣：在夜饮的时候，即席赋诗，用优美的诗句表现和烘托当时的气氛。

在历史上，阿尔拉曼五世的确是一位不幸的君王。公元十世纪是倭马亚王朝的全盛时期，但阿尔拉曼三世的孙子哈山二世（Hisham II）于976年即位时，还只是一个十一岁的孩童，大权落到著名的宰相阿尔曼萨（Almanzor，938—1002）手里。阿尔曼萨死后，他的儿子继续执政，直到1008年去世为止。同年，阿尔拉曼三世的一个曾孙发动政变，推翻了他软弱无能的叔叔哈山二世，即位成为穆罕默德二世（Muhammad II），但他很快又被阿尔拉曼三世的另一后裔苏雷曼二世（Sulayman II）赶下了台。1031年，倭马亚王室的最后一个哈里发被流放，从此，安达露西亚的历史揭开了新的一页。在此之前，安达露西亚一直处于持续不断的内战之中，军政大权完全操纵在柏柏尔将领手里，一连串的傀儡国王被相继拥立，其中在位时间最短的，就是阿尔拉曼五世：只有四十七天，他就被暗杀了。

到达柯尔多巴的那天下午，等我们来到城里著名的大清真寺的时候，天色已经晚了。清真寺沉重的大门，在冬日寒冷的夕阳里闪着金光。从清真寺向南走，很快，就会看到瓜达拉维尔河。河上一座桥，桥的一端有堡，另一端

柯尔多巴清真寺大门

有拱门：它们分别属于不同的时代，混合了不同的建筑风格，是柯尔多巴历史的见证和象征。两百多米长的大桥，本是罗马皇帝奥古斯都（Augustus）下令修筑的，现在只有桥基还是原始遗迹。桥北的拱门，是璜·贺若拉（Huan Herrera）1571 年的设计，但仍可看出罗马建筑的影响；桥南有一座十四世纪的城堡，被称为卡拉荷拉塔楼（Torre de la Calahorra），意即自由塔，是 1369 年亨利二世（Henry II）和兄弟彼得一世（Peter I）进行战争时，为了巩固城防而建造的，显示出摩尔艺术风格。现在，自由塔成为"文化交流基金会"的博物馆，旨在纪念在柯尔多巴的哈里发时代，犹太人、基督徒、穆斯林的和平共处。

桥北的拱门，仍可看出
罗马建筑的影响。

　　弗莱彻在他受到大众读者欢迎的历史著作《摩尔人的西
班牙》（*Moorish Spain*）里指出，这段历史时期在十九世纪
和二十世纪被过多地浪漫化和理想化，实际上，基督徒、犹
太人和穆斯林的和平共处并不都如后人想象的那样"和平"，
在社会生活中依然存在着歧视和偏见。比如在摩尔统治时期，
基督徒和犹太人需要纳税；在 1066 年的格拉纳达，曾经发
生过对犹太人的屠杀；在 1126 年，阿默拉维德（Almoravid）
王朝曾强迫大批基督徒移民摩洛哥；在穆斯林哲学家的著作
里，他们对基督教义不屑一顾，大加贬低，等等。但是我们
必须承认，总体看来，在摩尔人统治下的西班牙，的确显示
了一种宽容精神：基督徒和犹太人被允许继续保持他们的信
仰，没有被强迫改信伊斯兰教，而且还可以在朝廷里做到高
官显职。就连弗莱彻也说，1066 年对犹太人的屠杀是一起
孤立的事件。不仅如此，我认为那是一起政治事件，不是

或至少不完全是宗教事件。在被杀的犹太人里，首相约瑟夫（Joseph）是主要目标，他是著名的前任权相撒缪尔·伊贲·纳吉瑞拉（Samuel Ibn Naghrillah，993—1056）的儿子，父子先后主持朝政达二十八年之久，这次屠杀，与其说是宗教迫害，不如说是一场政变。

当初，摩尔人之所以如此迅速地赢得了对维西歌斯王国的胜利，在很大程度上是因为多数人民不满意维西歌斯统治，特别是犹太人群体非常遭到歧视，他们当然十分欢迎保证他们宗教自由的摩尔人。

自由总是相对的。如果我们看一看基督教君王在收复西班牙之后的所作所为，我们就会意识到，历史的推进并不一定意味着"进步"——如果"进步"在我们的词汇表里，意味着开明和宽容。加斯底（西班牙西北部和中部）女王伊萨贝拉（Isabella I of Castile）和阿拉贡（西班牙东北部）国王菲迪南二世（Ferdinand II of Aragon）在 1469 年联姻，使加斯底和阿拉贡两个王国终于联合起来，为基督教势力征服安达露西亚奠定了基础。1492 年，他们攻占了格拉纳达，摩尔人在西班牙最后的疆域。在此之前的 1478 年，他们建立了著名的西班牙宗教法庭（the Inquisition），旨在审判和处罚犹太人、穆斯林和新教徒，从而在西班牙建立起罗马天主教的唯一和绝对权威。凡是受到这一法庭审判的异教徒，往往遭受肉体的折磨，惩罚包括监禁，砍头，绞刑，或者在十字架上烧死。那些拒绝招认"罪行"的，白天受审，夜幕降临之前即被处决。伊萨贝拉和菲迪南，因为他们的宗教狂热和坚决，被合称为"天主教君王"（Catholic Monarchs）。在格拉纳达归降不久，他们即下令把犹太人驱逐出西班牙。1499 年，他们共同来到格拉纳达，随行的托雷多大主教西斯涅罗斯（Cisneros）强迫留在格拉纳达的穆斯林全部改信基督教。次年一月，他向两位天主教君王报告说："现在，城里没有一个人不是基督徒，所有清真寺都被变成了教堂。"到 1502 年，这条政策在伊萨贝拉的支持下，被施用于加斯底的所有穆斯林：他们被勒令或是改变宗教信仰，或是面临流放。如果选择流放，则必须付给政府一大笔赎金，或者把自己的孩子留在西班牙为奴。这样的条件，是很多穆斯林家庭无力或者不能接受的，因此，他们只好"选择"前者：放弃自己原来的宗教信仰。菲迪南二世似乎不如他的妻子那样狂热，抑或他在故意和她作对，总而言之，他拒绝在阿拉贡王国推行同样的政策。但是，到 1525 年，他的孙子查理五世（Charles V）反其道而行之，这样一来，西班牙至少在表面上成为纯粹的天主教国家了。

然而，摩尔人留下的遗产处处可见，从文化到物质。在柯尔多巴，阿尔拉曼一世的夏宫虽然倒塌了，厚重的石墙依然矗立；到处都可以看见熟透的橘子——阿拉伯人带到安达露西亚的水果——好像许多个金黄的小月亮，挂在寒冷而碧绿的枝头。

柯尔多巴的金橘

"到处都可以看见熟透的橘子——阿拉伯人带到安达露西亚的水果——好像许多个金黄的小月亮，挂在寒冷而碧绿的枝头。"

插曲之一

罗得里克的苦行

    关于维西歌斯的最后一位国王罗得里克的悲剧性结局，留下很多故事。基督教徒们似乎不能理解，为什么在和摩尔人的战争中，他失败得那么迅速，那么悲惨，丢了性命，也丢了江山。于是，围绕着他不幸的命运，产生了种种传说。

    据说，一位古代的西班牙国王建造了一座塔楼，并在塔楼的门上加了一把巨大的铁锁。他留下遗嘱：身后的每一个王位继承人，都必须在门上加一把新的铁锁。在他死后，先后有二十六个国王嗣位，他们无不谨守他的遗言。但是第二十七位国王，年轻气盛的罗得里克，不愿遵守祖先的戒条。他不但不肯在塔楼的门上增加第二十七把铁锁，反而决定打开塔楼，揭示里面的秘密。所有的大臣都劝他不可贸然行事，但他一意孤行，命人一一打开铁锁，走进封闭了数百年的塔楼。

    在塔楼里面的墙上，他发现一幅壁画，画着一队高大勇猛的阿拉伯骑兵，他们皮肤黝黑，神情剽悍，腰插短剑，手执长矛。在屋子中央，有一张金银打造、珠宝装饰的桌子，上面刻着这样的字句："这是大卫之子所罗门王的桌子。愿他的灵魂得到安息！"桌上放着一只宝瓶，瓶中有一个羊皮纸卷。纸卷被打开以后，国王读到祖先留下的预言："当塔楼遭到侵犯，这只宝瓶中的魔咒遭到破坏，那些画在墙上的人就会进入西班牙，推翻西班牙的国王，征服整个国家。"罗得里克痛悔他的所作所为，立即重新封闭了塔楼，但是，已经太迟了。

另一种说法是，罗得里克强奸了一位维西歌斯贵族胡利安伯爵的女儿。胡利安伯爵的封地正在摩洛哥海岸线上，他为了报仇，向穆斯林军队求援，就这样引狼入室，颠覆了维西歌斯王国。

胡利安伯爵在历史上实有其人，但这故事只是大众的想象而已：似乎罗得里克国王必须造下这样的罪孽，人们才可以把后来发生的一切视为上帝的惩罚，从而得到一些心理上的安慰。

罗得里克的故事，被安达露西亚歌手们编成一系列歌谣。下面这一首《罗得里克的苦行》[1]，描写了他的死亡：

> 罗得里克国王
> 失去了他的国土，
> 他骑马穿过平原，
> 心里满怀悲苦。
> 为了逃避身后的追兵，

---

1 《西班牙谣曲集》，第46—49页。

他来到深山之中。
他遇到一个牧羊人，
正在放牧羊群。

国王问他："请你告诉我，
我的好牧羊人，
这附近是否有
城镇或者山村？
我需要躺下来，
我已经精疲力尽。"
"在这荒野的地方，
只有一个山洞，
洞里住着一位隐士，
虽然年老，但是虔诚。"

国王听了，满心欢喜，
他要把那山洞当成墓地。
他说他觉得饿了，
向牧羊人讨一点食物，
牧羊人拿出面包，
还拿出一些干肉；
面包粗粝，难以下咽，
国王皱起了眉头，
不由得想起过去，
宴会上的羊羔美酒，

现在一无所有，
国王两泪交流。

休息一阵之后，
国王站起了身，
牧羊人为他指路，
他送给牧羊人
一根项链，一枚指环，
都是无价之宝，
配得上一位国君！

太阳落山的时分，
他找到了那个山洞，
他感谢我们的主，
没有让他迷路。
祷告之后，他走进山洞，
年老的隐士，智慧又圣洁，
他问罗得里克
为何来到这偏僻洞穴？
国王泪流满面，
作出这样的回答：
"我是不幸的罗得里克，
我曾经统治整个西班牙。
我来这里是因为
我要忏悔我的罪过，

看在上帝和圣母的分上，
请你收容我。"

隐士吃一惊，
对国王好言安慰：
"我相信你来这里，
是一个明智的抉择，
愿上帝加恩于你，
让你得到解脱。"
隐士开始祈祷，
请上帝向他昭示：
到底应该如何
惩罚罗得里克。
"让国王躺进一座坟墓，
在坟墓里放进一条毒蛇，
这将是国王的苦行，
救赎他往日的罪过。"
隐士躬身领受
我主上帝的言语，
他回到国王身边，
传达我主的神谕。
国王满心欢喜，
执行神示，毫不迟疑。

到了第三天头上，

隐士向坟墓里探望，

他扬声向国王叫喊：

"你和你的朋友到底怎样？"

"他还没有咬我，

我还没有得救——

为我祈祷吧，隐士，

让我早日解脱！"

隐士满怀悲伤，

流下同情的眼泪，

劝导不幸的国王，

抚慰他的恐惧。

片刻之后他又回来，

看国王是否已经死去，

发现国王正在祈祷，

一边祈祷，一边哭泣：

"上帝终于可怜了我，"

他对隐士这么说，

"蛇咬的部位

最值得诅咒：

它给我带来不幸，

让我被辱蒙羞！"

隐士祝福了国王，

国王在那天死去。

就这样，我们的国王

直接升进了天堂。

埃及女王克莉奥佩特拉，据说曾遍询御医，什么才是最干脆利索而又痛苦最少的自杀办法，最后选择了毒蛇。在莎士比亚的不朽剧作《安东尼和克莉奥佩特拉》结尾处，她把毒蛇放在胸前，好像哺乳幼儿：

用你尖利的牙齿，一下子，
解开生命复杂的结。

在这首西班牙歌谣里，"蛇咬的部位"，就是国王的私处。国王在指称它的时候，好像它是一个独立于他的器官："它给我带来不幸，让我被辱蒙羞！"这也就解释了为什么它要遭到蛇咬，而国王却能升入天堂：灵魂逃出了拘禁它、折磨它、给它带来烦恼的肉体，得救了。

这是一首充满了哀伤、不安和绝望的谣曲。天主教徒相信，通过苦行，可以使自己的罪孽得到清洗和救赎。既然国王的死本身被视为一种得救，那么，毒蛇的啮咬不能算是国王的苦行；苦行在于国王在坟墓里以毒蛇为伴度过的三个日夜，每分钟都拥挤着孤独和恐惧。

对坟墓、死亡以及遭受痛苦的身体的迷恋，在某种程度上，代表了基督教的西班牙。在塞维拉的艺术博物馆里，我对西班牙文化的这一面有了更直接的感受，但那是后话。

而大众的想象，对国王所犯罪过的选择是很有意思的：非法的性爱。西班牙的陷落，是由于没有受到节制的激情——国王的肉欲，伯爵为女儿复仇的冲动：

只为了一个少女，

名字叫做拉加瓦，

他们两个男子，

背叛了西班牙……[1]

1　两个男子，在这里指胡利安伯爵和支持他的堂·欧普斯主教。《西班牙谣曲集》，第45页。

插曲之二

舒缓的宴席

　　西班牙南部的地方饮食，受到阿拉伯文化的很多恩惠：大米最初是由阿拉伯人引进的；杏仁一词，从西班牙语的almendra到英语的almond，皆可看出阿拉伯的遗迹，因为凡是由al-开头的西班牙字词，几乎都来自阿拉伯语。

　　安达露西亚饮食给我留下印象最深的，是一道据说来自犹太传统的菜肴，哥斯帕楚（gazpacho），一种红色的冷汤。这种汤的做法，是把西红柿、黄瓜、青椒、面包和大蒜放在一起捣成羹，再加上橄榄油使之润滑，加上香醋使之爽口；最后，在喝的时候，可以随自己的口味，放进切成丁的各种菜蔬和克鲁东（crouton，小块烤面包）。

　　西班牙的火腿，腊肠，血肠，熏肉，都是有名的。最好的西班牙腌火腿，jamón serrano，即来自安达露西亚的山区。serrano是"山"的意思，因为这种火腿是用盐腌制、被山风吹干的。吃的时候，削成纸一样的薄片，下酒，回味无穷。

　　到达柯尔多巴的那天下午，我们在帕拉朵-柯尔多巴的餐厅里用饭。难怪人们对帕拉朵的烹调津津乐道：这里

宴饮图（十六世纪波斯册页局部），现藏哈佛大学艺术博物馆。

一位贵公子在宴客。他手持金杯，和旁边一位俊秀青年专注地交谈。客人们都在传杯递盏。在水池另一侧，三位乐师在奏乐，一个身穿鲜艳红袍的舞者跳起手帕舞。画面右下角，一个穿着丁香色洒金长袍的胖大仆人正在送上食物。围墙外，城市生活在继续：一个服饰华美的贵族青年从一个妇女手里捧着的青花盆里买了什么东西，正在从黑丝绒钱袋里掏钱；他身后是一个卖水果的小贩，刚刚秤好一只甜瓜。这些平凡的场景、集市的交易成为画框，镶嵌着室内时间停顿、客人乐而忘返、音乐与诗统治了一切的酒宴。

的自助午餐，是一席从种类到质量都令人惊叹的盛宴。一个国家的饮食文化，和它整体的文化倾向是相关的。十九世纪的狄更斯在写到美国的时候，曾感叹这是一个"繁忙的国度"。正是这种高度工业化社会的繁忙，引出了快餐业。快餐非常制度化与程式化，惟其如此，才可能做到快。快餐的理念，不是以食物本身为主，也不是以用餐的经验本身为主，而是旨在速度：快快填饱肚子，去做"更重要"的事情。然而，具有讽刺性的是，现代人发明了那么多节省时间的工具，还是变得越来越忙，越来越没有时间。快餐的基本原则，就是个性的缺乏：快餐业是食物工厂，流水作业。在这样的环境和氛围里，做饭是"制作食品"而不是烹调。前者是机械化、技术性的工作，任何人受到一定训练都可以掌握；后者是艺术，需要才能和灵感，在其中，可以投入很多个性和激情。

宴饮图细部

　　去过欧洲的人，往往觉得欧洲在生活的现代化方面不如美国发达，但这也正是欧洲的魅力所在。在西班牙，可以体会到一种比较安闲自在的节拍，这里的人们似乎也更善于享受生活。西班牙人有相当长的午休时间，他们的午餐也一般在下午一两点才开始，很多商店往往从下午一点到四点之间关门，四点甚至五点之后才又开门营业。西班牙人似乎普遍睡得很晚，因为晚餐可以从九点持续到半夜。事实上，根据我们的旅游指南介绍，在炎热的夏天，很多西班牙家庭都是到了夜半才吃晚饭的。后来，在我们回到马德里以后，去过一家餐馆，的确一直到晚上九点才开门，我们去得"早"了，不得不等待了许久。

在西班牙餐馆用饭，顾客不会有被催促的感觉，可以慢慢地尽情享用和交谈。据说，在欧洲国家里，西班牙常被嘲笑为办事效率最低的（我想起西班牙使馆的那位官员），但是，假如肚子不十分饿（当然，这是一个重要的前提），西班牙餐馆的舒缓节奏并不让人反感，只觉得这是一种十分优雅的生活方式。

"西餐"是一个太笼统模糊的概念，无法反映欧洲各种不同烹调系统的具体特色。"概括"是文化沟通最大的阻碍，一切真正了解的屏障。

好像一棵春天的树

好像一棵春天的树，
　　她纤细的腰肢
　　　　在丰满起伏的沙丘上摇摆。
　　　　　　我的心从树枝上
　　　　　　　　采摘到爱的果实。

她的金发披拂，在鬓角
　　画出柔弯，好像第二十三个字母；
　　　　她的面颊洁白如银。

lām，第二十三个阿拉
伯字母，写如ل。

她纤纤玉手中的红酒，
　　好似旭日初升。

　　　　　　　酒是日出，
　　　　　她的唇是日落，
　　　执爵者殷勤的手
有如东方的天空。

经由她甜美的唇，
　　美酒为她的面颊
　　　　带来了玫瑰色的黎明。

　　　　　玛尔文·伊贲·阿布德·阿尔拉曼王子
　　　（Marwan Ibn 'Abd al-Rahman，？— 1009）

酒和女人，是阿拉伯古典诗歌中常见的主题。玛尔文王子的诗篇，用巧妙的文字，把美酒和情人结合为一体：从她手中的红酒，到她的红唇，诗人体验到了从日出到日落的全部过程。而日落之后，就是黑暗：隐秘，不可言说，充满激情。夜幕是沉默的，诗人的笔触随即转向"玫瑰色的黎明"。

我喜爱"春天的树"和"沙丘"的比喻，它们在阿拉伯诗歌中十分常见，是多么生动地描写出女人的细腰丰臀。

也许我们应该稍为知道一些安达露西亚的饮酒习俗。饮酒是《古兰经》所不许可的，但是，安达露西亚的阿拉伯贵族们却留下了大量饮酒诗。据现代学者雷蒙·单德林（Raymond P. Scheindlin）介绍，饮酒一般开始于晚餐之后。如果在室内，则房间里四处散放柔软的靠垫，人们随意而坐，身边设有几案，但夜饮往往在花园里，在庭院里，或者在河边进行。有时，每人各自使用自己的水晶杯；有时，大家用同一只杯子传饮。执爵者称为"萨喀"（saki），往往由俊美的少年担任（这和古希腊风俗相近：在古希腊，执爵者多是出身良好、容貌端正的贵族子弟，女诗人萨福的兄弟，据说就曾承担过这一职责）。这位少年必须训练有素，熟悉礼俗，善于和欢宴者调笑，但不逾越规矩。"假如捧觞的是少女，那么，她们蓄短发，并穿男孩的服装。"[1]

1　雷蒙·单德林著：《美酒，女人和死亡：中世纪希伯来诗歌》（*Wine, Women, and Death: Medieval Hebrew Poems on the Good Life*, Oxford: Oxford University Press, 1999），第 19—20 页。这本书介绍了中世纪西班牙的犹太诗人，这些诗人往往在宫廷里担任显职，精通阿拉伯语，他们的诗歌不仅是用阿拉伯语写作的，而且，也和同时代的阿拉伯诗人共同属于一个诗歌传统，使用相同的诗歌意象和比喻，相同的诗歌语言。

这些酒会，和古代中国的酒宴往往十分相似：人们在宴会上即兴作诗，谈论文学和时事，间有歌舞佐欢。其实，就是在当代中国，又何尝不会遇到这样的情景：在欢宴时即席赋诗，或者，要求在场的诗人即席赋诗？"高级"的诗人们，想必对这种习俗不屑一顾，因为二十世纪的中国诗人深受欧洲浪漫主义传统的影响，诗歌被视为神圣的"烟士披里纯"（inspiration，灵感）的产物，是上天对诗人的特殊恩赐；作为社会生活一部分的诗，在今天的精英诗歌文化中已经不复存在了，这种变化，就和古典音乐曾是人们日常生活的一部分，现在却必须噤若寒蝉地挺坐在音乐会里欣赏，有着相同的性质。

从中世纪的安达露西亚直到现在，西班牙人爱喝的酒往往是掺水的。葡萄酒和粮食酿造的酒不同：它的酸涩，假如得到水、果汁和糖的中和，就会变得格外甘美可口。我所钟爱的西班牙饮料是香格里亚（sangria）：它以红葡萄酒、水、柠檬汁混合而成，有时调入少许白糖和碎切的水果。深红的香格里亚，它的颜色是激情的颜色，也是黎明玫瑰颊的颜色。它的甜美滋味非常具有欺骗性，因为它的后劲很厉害。哪怕不会喝酒的人，也往往屈服于它的魅力，甚至可以接连不断地喝下去，正是因此，很容易就喝醉了。

香格里亚是危险的爱情。

宁静的夜晚

宁静的夜晚，
　　　　我们饮酒消磨。
落日枕在大地上安歇。

微风吹起
　　　　远山的襟袖。
天空好似河流
　　　　的皮肤一般光滑。

　　　　　我们多么幸运，
　　　　找到这样一处徜徉之地，
　　　　　　鸽子咕咕叫，
　　　　带来更多的欢欣。

　　　　鸟声婉转，
树木轻叹，
　　　　黑暗饮干了
落照酒红。

穆罕默德·伊贲·伽利布·阿儒萨非
（Muhammad Ibn Ghalib al-Rusafi，？—1177）

光穿过美酒

光穿过美酒
　　染红了执爵者的手
好似刺柏玷染了
　　羚羊的口

　　　　　　阿部·伊哈桑·阿里·伊贲·哈森
　　　　（Abu I-Hasan Ali Ibn Hisn，十一世纪）

我对执爵者说

我对执爵者说：

　　　　把你最好的给我——
　　　　　　我用银子
　　　　　　　换来美酒的黄金，
　　　　　　　　　在里面淹没哀愁。

杯面的浮沫
　　　好比洁白的指头：
　　　　仿佛好酒的人
　　　　　终生持杯在手。

乌巴达·伊贲·玛阿尔萨玛
（'Ubadah Ibn Ma'al-Sama，卒于 1030 年）

酒杯刚刚拿来的时候

酒杯刚刚拿来的时候
　　是沉甸甸的

一旦装满美酒
　　它们就变得轻盈

似乎生出了翅膀
　　即将腾空飞去

恰似我们的身体
　　在饮酒之后一般

伊得里斯·伊贲·阿尔亚玛尼
（Idris Ibn al-Yamani，十一世纪）

她的顾盼好比羚羊

她的顾盼好比羚羊，
　　　颈项仿佛白鹿，
　　　　　红唇似酒，
牙齿犹如大海的泡沫。

酣饮之后，她慵懒无力，
　　　斗篷上的金色刺绣
　　　　　围绕她旋转。
好似众星捧月。

夜深人静时，
　　　我们双双裹在拥抱里，
　　　　　直到这一领爱情的斗篷，
被黎明的手撕裂。

伊贲·卡法扎
（Ibn Khafaja，1058—1138）

当他饮的酒

当他饮的酒
　　　使他醉梦沉酣
　　　　　连打更人也合上了双眼

　　　　　我胆怯地走到他身边
　　　好比一个人想要靠近
却又假意流连

我轻轻接近他
　　　犹如一个梦
　　　　　那样难以觉察
　　　　　　　轻盈好似一声喟叹

我亲吻他的咽喉——洁白的珠宝——
　　　　　饮他湿润的红唇
　　　　　　　就这样和他度过一晚

甜蜜地
　　　直到黑暗也微笑起来
　　　　　露出黎明的皓齿

伊贲·舒哈德
（Ibn Shuhayd，992—1034）

在暗淡的晨曦中

在暗淡的晨曦中，
　　　欲望围绕我们旋转，
乐趣和调笑的
　　　空间。

　　　我们在花园里，
云头佩带着淬利的宝剑，
　　　倾倒出早晨的
饮料：朱红的美酒；

长春花的枝条
　　　作为我们的枕头。
在绿色的宝座上，
　　　我们有如王侯。

　　　我们好比珍珠，
亲密的言语是珠串，
　　　爱情的手
为我们穿针引线。

年轻女子的乳房
　　　好似长矛，刺激我们
开战。为了保护自己，
　　　我们穿着皮大氅，披挂上阵。

精致的容颜

为我们一一露面：

　　洁白的月亮升起，

梳着黑夜的发辫。

阿卜·伊卡欣·伊贡·阿尔萨喀
（Abu l-Qasim Ibn al-Saqqat，十二世纪）

夜饮常常通宵达旦。欢宴者睡去又醒来，在半睡半醒的状态中失去时间的概念，似乎长夜可以无休无止地延续下去。很多诗歌都是召唤睡去的人们起来继续宴饮的。但是黎明终会来临。饮酒诗往往谈到黎明：黎明标志着酒宴的结束，魔咒的消除。灰白的曙光，不再是希望和光明的象征，而是呼唤人们回到工作和职责的警钟。无怪很多饮酒诗，就和中国古代的宴饮诗一样，都感叹时间的飞逝，生命的短暂，死亡的不可避免，及时享乐的重要。"乐极生悲"的成语，并不一定像一般人想象的那样，带有某种迷信或宿命的色彩，似乎太多的欢乐必定要由悲哀来加以平衡；我怀疑它只是在告诉我们，欢乐的人们突然注意到自己的欢乐，于是，开始希望这份欢乐永远延续下去，其实也就是希望生命永远延续下去，但随即意识到一切都有尽头。

在《当他饮的酒》这首诗里，似乎是为了缓解黎明的破坏性力量，黎明被比作黑夜在微笑时露出的皓齿，虽然当黎明来到的时候，好像"一个梦"那样走近沉睡中的爱人的"我"，也不得不像梦一样消失了。在《她的顾盼好比羚羊》一诗中，黎明则是一双无情的手，分开了拥抱在一起的情侣。作者十分巧妙地把他们的拥抱比作斗篷（这代替了开始时爱人身上披着的绣花斗篷），终被黎明撕裂，裂口泄露的光线，打破了把情侣掩藏在下的黑暗。

单德林似乎对阿拉伯诗歌中的同性恋爱倾向感到非常不安，他在《美酒，女人和死亡》一书中，努力为阿拉伯爱情诗中常见的男性第三人称加以辩解，称当时宫廷文化把情人视为抽象的"美"之化身，因此，诗人在描写情人时，从不涉及个人化特征，就连用阳性代词来指称情人，也不过是为了把情人模糊化和抽象化。可惜，只要我们真正阅读这些诗歌，就会发现单德林的观点完全没有说服力。我们当然可以说，在这些爱情诗里，对情人的膜拜和赞美也就是对"美"的膜拜和赞美，但是，没有人可以忽略这些诗作的感性方面。在这些阿拉伯诗歌里，精神和肉体并不是截然分离的。单德林的论点，只能反映出他个人对于同性恋的焦虑，不能反映安达露西亚之阿拉伯文化的现实。[1]难道那些担当斟酒职务的"萨喀"，必须善于劝饮、善于和欢宴者调笑的，不大多是容貌端正的少年吗？

在古代阿拉伯文化里，不存在"同性恋"这个词。这说明，我们现代所谓的"同性恋"，以及"同性恋"一词在我们脑海里引起的种种联想，无论是消极的还是中性的，在古代阿拉伯文化里都并不存在。当然，在古代阿拉伯社会的男人中（很遗憾，由于资料缺乏，我们对阿拉伯女性之间的恋爱所知甚少），就像在所有其他文明社会一样——无论是古希腊还是古中国——不仅存在性的吸引，也存在性的行为以及对这些性行为的描写，而伊斯兰教义也和基督教义一样，对这样的性行为大加申斥；不过，伊斯兰教和基督教在这一方面的根本不同在于，伊斯兰教并不把同

---

1 莱特（J. W. Wright Jr.）和罗森（E. K. Rowson）编选的论文集《古典阿拉伯文学中的同性情色》（*Homoeroticism in Classical Arabic Literature*, New York: Columbia University Press, 1997）全面讨论了古典阿拉伯文学中的男子同性爱的主题和意象。特别是蒙罗（J. Monroe）和塞拉诺（R. Serrano）的文章，都探讨了安达露西亚诗歌中的同性爱描写。

性恋行为视为病态或违背自然，只是把它和饮酒、偷盗等行为一样视为非法的和违反宗教教义的。阿拉伯诗人描写他们对少年的爱（从精神到肉体），就和他们描写饮酒为欢一样，是一种叛逆的手势，是"清狂"的表现。因此，在古代阿拉伯社会中，"压抑感、罪恶感和对自由的召唤，这些标志了现代欧美社会同性恋爱的特点，不可能也并没有发展起来。"[1]

1　同上，第118页。

五 柯尔多巴的光荣

　　帝国兴起，帝国覆灭。没有哪一个帝国是永久的，没有哪一座城市可以一直是全世界的文化中心。很多城市，雅典，长安，大马士革，巴格达，柯尔多巴，都曾经像刚刚开采出来的钻石一样，放出耀眼的光辉。《754年纪事》的无名作者如是描述来自北非的摩尔人征服者面对安达露西亚平原的感受：

　　他发现，这片土地，即使饱经战乱，依然如此丰富；即使在它遭受了那么多痛苦之后，依然如此美丽。可以说，它就好像是一颗八月的石榴。

　　八月的石榴：一个多么优美的比喻！八月的石榴是深红色的，成熟，甜蜜，饱满，丰盈。但是，《754年纪事》的作者不可能知道，是在它的征服者手里，这颗鲜美的果实，被雕琢成了一件艺术品，使它不至于像柯尔多巴的橘子那样，因为太丰富、太慷慨了，以致掉在地上，无人照管，无人过问，慢慢腐烂，化为灰尘。这是自然的状态：

自然不在意这种"浪费"，因为橘子树明年还会结出新的果实，新的橘子好像新的月亮那样生长出来，渐臻圆满，挂满碧绿的天空。但人不是这样的：人一旦死去，不再复生，因此，人必须留下一点东西，一点遗迹，作为生命的延续。这也就是为什么，我们不满足于自然的状态；这也就是为什么，除了自然美之外，我们还必须有艺术。

一个帝国，也许是人类社会中最具有自然性质的体制，因为它有诞生，有成熟，有腐烂，有死亡。但是，和自然不同的是，当它的政治和军事力量减弱和消失的时候，它的文化可以形成比它的政治与军事统治更伟大的力量：更伟大，因为它是——只要人类文明存在一天——永恒的。

那么，对于一个帝国来说，最重要的，是考虑给后人留下一份什么样的文化遗产。文化的征服固然借助于政治和军事的征服，但是，我们不能忘记，就和政治和军事一样，只有有力的文化才能"征服"。什么是有力的文化？有力的文化是知识和智慧的综合，以及它们所共同带来的辉煌创造。正因为如此，十三世纪蒙古人对欧亚大陆的征服，不过是野蛮的杀戮和抢掠，是把文明变成废墟。它没有留下任何使后人为之感到骄傲的遗迹。

帝国兴起，帝国覆灭，但精神文化却可以是不朽的，帝国的建造者不应该忘记这一点，否则他们就会像十三世纪的蒙古征服者那样，在人类文明史的版图上消失，被大自然苍茫的力量吞噬。没有什么能比著名的柯尔多巴大清真寺更好地见证这一点。

这座清真寺，象征了不同宗教的激烈矛盾，也象征了不同文化的综合。它的前身，本是一座基督教礼拜堂。公元786年，阿尔拉曼一世下令在此修建清真寺。后来，因为穆斯林人数的不断增加，九世纪的阿尔拉曼二世，十世纪的阿尔哈克二世，以及十世纪末期的权相阿尔曼萨，都曾分别对它加以扩建。这座伟大建筑物的庄严与美丽，是笔墨难以形容的。最初，正是它的壁龛拱门，诱我们走上了这次旅途。

历史学家弗莱彻说，柯尔多巴的清真寺，"以建筑的形式，展现了'他者'的面貌。"[1]"他者"，也许，因为它如此不同于基督教教堂的结构：在清真寺里，没有像在教堂里那样的视觉焦点或中心。当我们走进一座教堂，我们可以沿着长长的直线型走廊，一直走到祭坛前面，仰望高悬的十字架。但在清真寺里，视点相对来说是分散的。

对于中国人来说，柯尔多巴清真寺的建筑形态也同样陌生，因为它没有我们所习惯的对称结构。走进清真寺，甚至会有一种迷失感：宽阔、幽深的空间，一千根用大理石、花岗岩以及碧玉雕成的柱子，柱头的双层半圆形拱顶增加了建筑物内在的高度，使清真寺显得深冥而富于变幻。拱顶则是用楔形红砖和白色大理石镶嵌而成，这种红白交替的花纹非常明丽而令人惊讶，因为它很容易给人造成一种幻觉，好像进入了一个童话国度，一座魔幻森林。

但是，这种马蹄形的圆拱，其实显示了古罗马建筑的影响，而石柱更是取材于柯尔多巴当地原有的古罗马和

1　《摩尔人的西班牙》，第4页。

维西歌斯建筑。柯尔多巴的清真寺，不是"纯粹穆斯林"的——在人类文明史上，"纯粹"的东西非常之少，如果它们真的存在的话。但是，没有人能够否认，柯尔多巴的大清真寺是美丽的。假使在一千年之后，在经历了那么多的战乱和痛苦之后，柯尔多巴的大清真寺依然能够好似一只八月的石榴，以它的美征服人们，诱惑人们踏上一条漫长的旅程，那么，我们可以设想一下，当年，在柯尔多巴的全盛时代，它的穹顶还没有褪色，它的墙壁还没有剥蚀，它宝蓝色背景下的金色阿拉伯文字闪耀着火焰般的光辉，它的一千四百五十四只银灯全部点亮，在它圆满无缺的光荣里，柯尔多巴的大清真寺该有多么辉煌！

这是问题的关键所在：人们，尤其是个人，并不都能一眼辨认出平庸甚至丑陋——事实上，很多人，甚至大多数人，在美的鉴别力方面，往往只是盲目地跟从着时代的潮流、少数人的趣味；不过，如果从整体来看，从长远看来，人们总是能够识别真正的美——当美摆在他们面前的时候。"美"不是"他者"。无论一个人，有什么样的宗教背景和文化背景，总是可以在其中找到家园。

这也就是为什么，在基督教君王重新征服西班牙之后，当一位名叫堂·阿尔丰索·曼里克（Don Alfonso Manrique）的主教决定把大清真寺改建为教堂的时候，他的提议遭到了柯尔多巴城市委员会的反对，这个委员会不是由穆斯林，而是由基督徒组成的。双方争执不下，最后他们只好请当时的西班牙国王卡洛斯一世（Carlos I，也即神圣罗马皇帝查理五世）裁决。城市委员会发布了这样一份公告：

柯尔多巴大清真寺内景

"一千根用大理石、花岗岩以及碧玉雕成的柱子，柱头的双层半圆形拱顶增加了建筑物内在的高度，使清真寺显得深冥而富于变幻。"

我们，伟大的城市柯尔多巴城市委员会的成员，特此通知城市的管理者——政府官员、警长、法官，和一切工匠、石匠、木匠，以及其他一切有关人员：

　　关于我们中止教堂改建的命令，教堂教长与牧师会已经作出答复：除非国王陛下亲自下令，否则他们不会中止教堂的改建计划。有鉴于此，我们要求所有工匠、石匠、木匠和其他参与改建上述教堂者，在国王陛下批准动工之前，不得进行改建工作，否则将受到死刑和剥夺一切财产的处罚。颁布这一规定，是因为对教堂的任何改建，都会破坏原建筑不可复制的完美，导致不可挽回的损失。

　　公元一五二三年五月四日。

　　签字：路易斯·德·塞尔达、璜·狄亚慈·德·卡布瑞拉、佩得罗·莫尼斯·德·哥多易、罗得里克·莫利那。

　　以死刑和剥夺一切私人财产的处罚，威胁对一座建筑进行改建的工匠，这似乎是过分的。一座建筑，不过是一座建筑而已——难道不是吗？

　　"伟大的城市柯尔多巴城市委员会"的四位成员显然不这么认为。"对教堂的任何改建，都会破坏原建筑不可复制的完美，导致不可挽回的损失。"这四个名字后面的人，真可惜我们对他们一无所知，但我不怀疑他们是虔诚的基督徒。他们之所以不惜和他们的宗教领袖抗争，只是因为他们意识到，有些东西，比宗教的胜利，比意识形态的胜利，更为重要，因为它们是美丽的，也是脆弱的。"美"虽然可以不朽，但美的具体表现属于历史，而历史是直线型的，是不能重复的。死刑的威胁，剥夺私人财产的威胁，不说明刑法的残酷，只能说明他们心情的迫切。1523 年 5 月 4 日：在这一天发生的事件非常之小，似乎远远不能和大约四百年后，在另一个 5 月 4 日，在另一个国家里发生的历史事件相提并论，但是在人类文明史上，它却具有富于象征意义的重要性：美和宗教，和意识形态，展开了一场较量。

美输了。

至少，在当时看来，是这样的。

查理五世的答复，是听从主教的意见。于是，我们现在所能看到的，是一种相当奇异的情景：在一座伊斯兰教清真寺的中心，包含着一座天主教堂。

教堂从 1523 年动工，直到 1766 年才算全部竣工。中心祭坛是用价值五万金币的红色大理石建成的。歌唱队席位的雕塑用的是从圣多明哥岛运来的黑檀木，上面雕刻着旧约、新约以及圣母和圣徒的故事。歌唱队席位上悬挂的巨大吊灯是信徒的捐献：它直径大约两米，重一百五十公斤，由纯银和纯金打造而成。

不能说，这座清真寺里的教堂不流光溢彩，金碧辉煌。那些称它"丑陋不堪"的指责，平心而论，是有偏见的。更何况，从教堂到清真寺到教堂，对于当年被伊斯兰教君王剥夺了礼拜所的基督徒来说，也是公平的。但是，没有一个到柯尔多巴大清真寺的游客，是为了观看这座教堂而来，因为，它的眼花缭乱的华丽是可以预期的，也是在很多天主教堂里都可以看到的。而原来的大清真寺，却蕴涵着某种超出了常人想象的东西：它繁复的纹饰，明丽的色彩，因为和谐，显得朴素；因为朴素，显得庄严；因为庄严，显得安宁。

在一千根大理石柱的阴影里，就连最世俗的人，也会激起一种模糊的宗教感情。这种宗教感情，不一定是信仰一位超自然的神明，而是一种肃穆敬畏之心，以及对个人之渺小的认识。这种认识，不知何故，予人安慰。

几年之后，查理五世前往塞维拉迎娶葡萄牙的伊萨贝拉公主，路经柯尔多巴。这是他第一次访问这座城市，第一次参观柯尔多巴的清真寺。当神圣罗马皇帝看到清真寺里的教堂的时候，他作出的评价，虽然无法挽回那不可挽回的损失，却足以让柯尔多巴城市委员会的四位成员扬眉吐气了。他说："你们在这里建造的，可以由任何人在任何地方建造，可是，为了建造它，你们破坏了这世界上独一无二的东西。"

看来，在和意识形态的较量中，美并没有真的输掉。

从那时起，直到现在，将近五百年过去了，人们从世界各地来到柯尔多巴的大清真寺，多半不是出于宗教原因，而是为了瞻仰不朽的美。这，似乎是唯一能够把不同的宗教背景、文化背景、种族背景的人联系在一起的东西。

那么，归根结底，建筑不只是建筑而已。建筑是一座城市和一个国家的外貌。从某种程度上来说，它最能直接地代表和反映一种文化精神。有时，我觉得担忧：我们的时代，除了一大批废弃的电脑、机器、塑料制品，以及许多灰扑扑毫无个性与美感的高楼大厦之外，到底给后代留下了什么？

上左：赞美诗写本册页
上右：赞美诗写本册页细部：柯尔多巴，约 1476—1500 年
下左：希伯来圣经写本册页：塞维拉，1472 年
下右：可兰经写本册页：十三世纪西班牙或北非

从这几幅精美绝伦的写本册页来看，安达露西亚的基督教和希伯来圣经抄写者都受到了伊斯兰抄写风格的影响，特别是书页周边的玫瑰花形装饰。

也许，把清真寺改建为天主教堂，毕竟还是一种积极的手势，因为改建之后的清真寺，可以处于继续不断的使用之中，继续成为人们日常生活的一部分。曾经一度，每到星期五，千百个穆斯林，在这座清真寺里祈祷；如今赤裸冷硬的大理石地面，曾经覆盖着无数鲜艳明丽的织毯；种满橘子树的庭院，曾经是教徒在祈祷之前清洗自己的地方，哈里发时代的伊斯兰贵族少年也曾在这里接受老师的教导。对美的朝圣历程再虔诚，也不过是"朝圣"而已。美被放在一个高高的基座上，成了土木的偶像——成了"艺术"。[1]

　　从小处来说，这是一个困扰我个人的矛盾。自然美是不够的，我们还需要艺术。但是，艺术是静止的。哪怕它充满内在的动力，它仍然是静止的。自然呼唤我们生活；艺术诱惑我们进入永恒。在艺术和自然之间，怎么样保持平衡——危险，而微妙的，平衡。

　　从大处来说，这是我对我们的时代的疑问：我们怎样才能把"文化遗产"变成生命的一部分，怎样才能建造起美的生活，而不只是在博物馆的大厅里，怀着向往之心，注视玻璃柜里的历史，或者，像现在的很多阿拉伯人那样，用怀旧的眼光，回顾柯尔多巴的光荣？[2]

1　好在对于柯尔多巴的居民来说，这仍然是一座使用中的教堂。我们去参观的那一天，教堂的一部分是关闭的，因为那天是星期天，教徒正在里面做礼拜。

2　在 1962 年获得七项奥斯卡奖的电影《阿拉伯的劳伦斯》（Lawrence of Arabia）里，后来成为沙特阿拉伯第一任国王的费萨尔王子（Prince Faisal）就曾用怀念的口气，谈到柯尔多巴和它的清真寺。

插曲之三

灰墁雕花的爱情

公元十世纪的柯尔多巴，丰裕，富饶，声名远扬。

文学，艺术，哲学，天文，数学，医药，都非常发达。阿尔哈克二世的皇家图书馆，据说拥有四十万册藏书。很多人专门从事抄写工作，其中包括一位女诗人露波纳（Lubna）。私人藏书蔚然成风。学者们从古希腊典籍中学习哲学、医药学、植物学知识，并把它们翻译成阿拉伯文。后来成为教皇西尔维斯特二世（Sylvester II，999—1003）的法国学者儒贝（Gerbert d'Aurillac）曾经为了"寻求智慧"来到柯尔多巴。公元 953 年，德意志国王奥托一世（Otto I，912—973）派使者前来柯尔多巴谒见阿尔拉曼三世，回王富丽堂皇的宫廷给他留下了不可磨灭的印象。

当时，阿尔拉曼三世已经在柯尔多巴的西南建造起一座新的皇宫——阿尔扎哈拉（al-Zahra）。"扎哈拉"是阿尔拉曼三世妻子的名字，据说，这座新皇宫的建造，就源于她的提议。不过，与其说它是一座皇宫，毋宁说它和后来格拉纳达的赭城一样，是一座小型皇城。整个行政中心都随之迁移，连带兴起了店铺，公共浴室，集市，作坊，

居民区。上万名工人参与了兴建工程，从外地运来4324根大理石柱。皇城依山而建，共分三层：最低一层是清真寺，行政建筑，军队驻地；中间一层是花园、池塘、亭台；最上面一层才是皇宫。皇宫中心是正殿，据说它是用近乎透明的大理石修砌的；有一座水银池，可以从不同角度把日光反射到四周的墙壁上。

阿尔扎哈拉建成不过半个多世纪，就被内乱和侵略军变成了废墟。伊贲·哈赞（Ibn Hazm），十一世纪伟大的学者和诗人，在他不朽的著作《鸽子的颈环》中，这样描写战乱后的柯尔多巴：

一个从柯尔多巴来的人告诉我，他去过我们在城西的宅邸：它宽敞的庭院已经废毁，路径消失，只剩下断瓦残垣，一片荒芜。原先我们徜徉的地方，现在已成旷野；

原先美丽的花园，现在已成废墟。夜里，幽灵徘徊，风声伴随着狼嗥。曾经一度，雄狮一般威武的男子，向绰约多姿的少女殷勤献礼，现在他们已经流落分散，只有野兽出没在昔日的豪华厅堂。那些华美的大厦，装饰富丽的深闺，曾经像太阳一样灿烂，它们的魅力使人忘忧，现在却荒凉寂寞，好似野兽张开的巨口，宣告人世的短暂，给我们活生生地展示那些曾经居住在此的人们的最终命运，而这份命运等待着我们所有人。因此，哪怕你多么不舍得这个世界，现在，看到这样的情景，也会情不自禁地想要放弃它。我记得我在那座华美的大厦里度过的时光，在那里体验到的种种快乐；在含苞欲放的少女当中消磨了我充满热情的少年岁月，那些少女能够在最文静的青年男子心中激起爱情。现在，那些少女或是已经化为埃尘，或是被命运之风吹散，流亡到了海角天涯。我在想象中看到了家园的废墟：曾经繁华热闹的庭院，现在寂无人声。我似乎听到恶枭在穿过长廊时发出的鸣叫，在那些长廊上，我亲爱的人们曾经来来往往，就是在他们当中我成长为一个男人。那时，夜以继日，充满了活力，喧嚣，纷乱的快乐；现在，日以继夜，永远都是寂静和荒凉。每思及此，我的眼睛就会充满泪水，我的心就会充满苦痛；我的灵魂好像被一块巨石砸得粉碎，悲哀像海水一样涨潮，却没有退却的时候。只有在诗歌里，我才能找到庇护……

伊赉·哈赞于 994 年 11 月 7 日出生在柯尔多巴一个从基督教改奉伊斯兰教的贵族家庭，他的父亲是首相阿尔曼萨掌权时代的内阁大臣。哈赞的少年时期是无忧无虑的：他受到良好的教育，和他交游的也都是柯尔多巴的贵公子。阿尔曼萨之子死后不久，哈赞的父亲被投入监狱，并于 1012 年去世。次年，柏柏尔军队进驻柯尔多巴，哈赞开始流亡。他始终支持倭马亚王朝，曾做过阿尔拉曼四世和五世的首相，但是，他们的统治好似昙花一现，哈赞也为了政治原因而数度下狱。1023 年之后，他似乎就再没有卷入政治。他死于 1064 年 8 月 15 日。

哈赞让我想到庾信，想到张岱，也想到《东京梦华录》的作者：同样的繁华贵盛，同样的国破家亡，在异时异地，回忆往日，恍若前生。《鸽子的颈环》是他 1027 年的作品。鸽子是为情人传书的使者。这是一部奇异的著作：它的副标题是"关于阿拉伯爱情艺术与实践的论说"。它描述了爱情的各个方面，从它的性质，它的表征，它的源起，它的过程，直到它的终结。我们看到这样的章节："关于在睡梦中陷入情网"（让人想起《牡丹亭》的故事），"关于一见钟情"，"关于言词的暗示"，"关于眼语"，"关于泄密"，"关于进谗者"，"关于离别"，"关于憔悴"，"关于遗忘"。在这些篇章当中，他对爱情的描述，既包含个人往事，也穿插了很多亲朋好友的经历和传闻，总之，这部书，是给爱情的献礼，也是对逝水年华的追忆。"爱情以相互调笑开始，但它的目的却是严肃的。"

在书中，哈赞往往引用他自己的诗篇——不必讳言，很多是平凡之作，但它们属于"有诗为证"的传统，并非旨在荟萃杰作，而且，在其中，还是会不时发现优美的诗行。哈赞的写作风格很有魅力：即使在用夸张的修辞方式表达强烈情感的时候，他的文字也还是具有一种优美而宁静的力量，一种令人赞美的节制，一种清明的理智，好像柯尔多巴开在十二月的素馨花，散发着寒冷馥郁的芬芳。他喜欢使用长句，虽然句法复杂，但是流畅清晰。他的文风，就好像是阿拉伯建筑常见的灰墁雕花：繁复精致的几何或植物图案纹饰，简洁而又华美，在重复中有变化，在变化中又有回响，循环往复，永无休止，在感性的浮表，闪耀着理性的光芒。

* * *

当我住在柯尔多巴老城的时候，有一天遇到了来自开鲁恩的阿卜·阿卜杜拉·穆罕默德·伊贲·库莱布，一个伶牙俐齿、能言善辩的人。我们开始讨论起爱情。这时，他问了我一个问题："如果我爱的人，非常不喜欢见到我，总是躲避我的接近，我该怎么办？"

我回答道："我以为，哪怕你爱的人不喜欢见到你，你还是应该想方设法去看望你爱的人，好让你自己的灵魂得到一些安慰。"

他反驳道："我不同意。与其满足我自己的愿望，我宁可满足我爱的人的愿望。我宁可忍受痛苦，哪怕它意味着死亡。"

"我只会，"我说，"为了我个人的幸福和审美的乐趣恋爱。所以，我要跟从我自己的判断，按照我个人的准则行事，走我习惯的路，追求个人的满足。"

"这实在是非常残忍的逻辑，"他说，"要知道，比死还可怕的，是那你为之求死的东西；比生命更可贵的，是那你不惜为之放弃生命的东西。"

"可是，"我说，"你放弃生命一定是出于被迫，而不是出于选择。假使可以不死的话，谁会愿意主动放弃生命呢。主动放弃见到你爱的人，一定非常痛苦，你要是那样做，就等于是在伤害你自己，把自己的灵魂送进黑暗的深渊。"

他大叫起来："你真是一个天生的辩证论者，可是辩证法跟爱情毫不相干。"

"要是果真如此，"我说，"那么，恋爱中的人实在是很不幸的。"

"天底下还有什么更大的不幸呢，"——他以此结束了我们的谈话——"除了爱情？"

——选自"关于顺从"

十二世纪摩尔丝绸挂毯

有一天，齐亚德·伊贲·阿比·苏扶严问他的大臣：
"谁的生活是最快乐、最幸福的？"

"信徒们的领袖。"大臣们回答。

"但是，库拉什给他带来的烦恼和不幸，又该怎么说呢？"

"那么，就是陛下您自己了。"大臣们说。

"但是，"齐亚德继续发问，"卡拉基人给我找的麻烦，还有帝国的边疆给我带来的忧虑，又该怎么说呢？"

"尊敬的陛下，那么照您看来，谁才是天下最快乐、最幸福的人呢？"

他答道："一个善良的穆斯林，娶了一个善良的穆斯林妻子，两个人不愁吃穿，他满足于她，她也满足于他；他不认识我，我也不认识他。"

——选自"关于结合"

上面的这一段故事，在我看来，是《鸽子的颈环》中最美的故事之一。它描写了一位君王理想中的幸福生活。也许，正因为他身为人君，所以，他的理想是如此单纯：一对善良的穆斯林夫妻，彼此相爱，不愁吃穿（在原文的顺序里，宗教信仰放在"不愁吃穿"前面，而"不愁吃穿"又放在"彼此相爱"前面：首先有宗教，其次是经济，然后才是爱情）。但是，不必因为它单纯，也不必因为怀有这种理想的是一个国王，我们就可以不加考虑地把它抛在一旁。

"他满足于她，她也满足于他。"这是多么美好的一种理想，因为，是多么不容易实现啊。

这个故事的最后一句话，意义模糊。我们可以把它理解为，穆斯林无求于国王，国王也没有见到过这样一位穆斯林。

我想到中国古时的《击壤歌》：天下大和，百姓无事，田间老父击壤而歌，观者叹息道："大哉帝德！"老父回答："日出而作，日入而息，凿井而饮，耕田而食，帝力于我何有哉！"

穆斯林满足于自己的生活，他不觉得这和国王的统治有什么相干，虽然国王的清明统治正是他的幸福生活的前提。假如统治是成功的，那么，这也正是应当出现的情形吧。

静悄无人处，她和我
　　坐在一起，旁边放着酒杯，
　　　　我们唯一的伴侣。

夜色深沉，
　　用它幽冥的翅膀
　　　　笼罩我们。

美丽的少女，我宁肯死去，
　　也不能不和你在一起。
难道这是可怕的罪过——
　　希望，在这一点点时间里，
　　　　尽情生活？

我和她，还有酒杯，
　　杯中美酒，与黑暗夜色，
　　　　好似被一根线串在一起的
　　　　　　大地和雨滴，
　　　　　　　　珍珠，金子，与黑玉。

　　　　　　——选自"关于爱情的迹象"

你来到我身边——

就在教堂钟声敲响之前。[1]

新月初升，

好似老人的寿眉，

或者你玲珑的足弓。

虽然夜色苍茫，

当你来临的时候，地平线上

出现了一道彩虹：

辉煌，斑斓，

胜似孔雀开屏。

——选自"关于罪孽"

---

1 教堂敲钟，呼唤信徒聚集祈祷，这是基督教的习俗。伊斯兰教则由神职人
员站在一座塔楼上扬声呼唤。因此，在穆斯林清真寺旁边，往往有一座"米
纳里"（Minaret，宣礼塔），也就是用以召集信徒的塔楼。

＊　＊　＊

让我来告诉你，在我的少年时代，我曾喜欢过一个从小在我家长大的女奴。故事发生的那一年，她刚好十六岁。她有一张非常美丽的脸庞，而且聪明，贞静，纯洁，羞怯，天生一种甜蜜的性情。她不喜玩笑，也很少假人以辞色。她的肤色晶莹，但她总是用面纱严加遮掩。她非常谨慎小心，从不出错，神情端庄严肃。她天生含蓄保守，她的矜持令人着迷，即使在拒绝追求时也十分优雅。她坐姿优美，举止文静，富有尊严。如果有男性对她加以注意，她逃避的样子就好像一只受惊的小鸟那样可爱。没有希望轻而易举地征服她的心，没有人能够吸引她的注意。迫切的追求在她身上不起作用。她美丽的脸庞倾倒了所有人。但是，谁都不能走近她身边。她的拒绝使她远比其他的女孩子迷人，因为那些女孩子们只能依靠轻易的屈服获得男子的兴趣。总而言之，她的一举一动都非常娴雅，也不沉耽于任何逸乐。虽然如此，她非常擅长弹奏弦琴。我发现我被她深深地吸引住了，我把少年的全部激情都献给了她。整整两年时间，我尽我所能去赢得她的芳心。我多想从她嘴里听到哪怕一个字的回答，或者哪怕一句有别于礼貌客套的话啊！但是，我的一切努力，都是枉然。

我记得，在我家的宅邸，曾经举行过一次盛大的酒宴。我们家族的妇女，还有我兄弟家的女眷（愿上帝怜悯他的灵魂！），全都相聚一堂，包括我父亲的门客，还有仆人的眷属。开始的时候，女眷们都在室内，后来，她们登上一座和宅邸相连的观景楼，从这座楼台既可以俯视下面的花园，也可以远眺柯尔多巴。每一面墙壁上都安装了宽大的窗户，每扇窗户都是打开的。女眷们透过格窗向外眺望，我也夹杂在她们当中。我记得我曾想方设法挤到她站立的窗边，找机会和她靠得近一些。但是她一发现我在后边。就立刻离开那扇窗户，轻盈地转移到另一扇窗户前。我尾随着她走到另一扇窗户，她又转移到下一扇窗户，就这样不断地回避我的接近。她意识到我对她的迷恋，而其他女眷却全都浑然不觉，因为当时人很多，而且她们都在不停地移动位置，从不同的角度，观看不同的景色。你要知道，我的朋友，女人探察男子心中所怀的爱情，那简直是比沙漠中的旅客探察路迹还要敏锐。终于，所有的女眷都下楼来到花园中，很多贵妇都请求她的女主人，命她歌唱一曲，以佐清欢。她的女主人答应了，于是，她拿过弦琴，开始弹奏。她的羞涩和谦畏是我从来没有在任何人身上见到过的。不过，当然了，在情人眼里，被爱者的一切举止都显得格外动人。

她那天唱的，是阿尔阿拔斯的著名诗篇：

当我看到西边太阳落山，

我的心不由高高地飞举，

落日在塔楼后面隐藏起它的光线，

在塔楼里面，美丽的少女在休息。

一位多么甜美动人的少女，

好像天上的太阳来到人间，

她丰满的双腿曲线玲珑，

好似洁白柔软的羊皮纸卷。

她不是来自红尘世界，

虽然她的美属于人间；

她也不是天上的圣女，

虽然她的优雅胜似神仙。

她好像一朵素馨花，

散发出龙涎香的芬芳；

她的脸庞好像珍珠，

她的身体是凝聚的光。

我目送她姗姗走过，

穿一件优雅的长袍，

她的脚步啊，轻盈好像飞絮，

在水晶酒杯上舞蹈。

我可以凭我的生命发誓，她手里的琴拨子，就好像挑动在我的心弦上。我从未忘记过那一天，也永远不会忘记，直到有朝一日，我离开这个短暂的人世为止。那是我凝视她时间最长的一次。也是我听到她的声音最久的一次。

……

后来，我敬爱的父亲从我们城东的新家，迁回城西的老宅。这是穆罕默德二世即位第三天发生的事（1008年）。我则是在次年二月搬回来的。但是，出于种种原因，那位少女没有跟我们一起回来。后来，哈山二世复位，由于他的大臣对我们家族所怀的敌意，接二连三的灾祸降临了：下狱，审查，没收财产，被迫出亡。这时，内战全面爆发，国人无不惨遭荼毒，而我们的家族尤甚。1012年6月22日，家父去世了。愿上帝怜悯他的灵魂！我们的处境依然艰窘，和以前相比没有什么改变。这时候，一位亲戚过世，我们再次在宅邸举行葬礼，很多眷属都来了。我在吊唁的人群里再次看到了她。她站在那里，在众多哀哀哭泣的妇女中间。她在我心中燃起了旧日的火焰，激起了本已平息下去的热情。她让我想起了往昔的爱情，想起了一个一去不复返的年代，一段过去的日子，褪色的记忆，抹掉的痕迹，永不再来的岁月。她唤醒了我的悲哀，使我的忧伤复活了。虽然在那一天，有很多的原因，令我的心充满了痛苦，但是，我确确实实不曾忘记她……

此后不久，柏柏尔大军压境，命运给了我们最为沉重的打击：我们不得不离开我们心爱的家，流亡到他乡。我于1013年7月13日离开柯尔多巴。自从那次在丧礼上见她一面，又过去了漫长的六年，直到1019年2月，我才回到柯尔多巴，住在我的一位女眷家里。在那里，我又遇到了她。这一次，我几乎没有认出她来。有人告诉我："这就是某某。"我才恍然大悟。她的容颜改变得太多了！她的闪光的美，她的魅力，都消失不见了。她的肤色，过去好像磨亮的刀剑，或者一面印度宝镜，现在变得暗淡了。她以前好像一朵鲜花，我曾经贪婪地凝视她，直到她的美使我目眩；现在，这朵鲜花萎谢了。只有一些零星碎片还留下来，向人们证明完美图像曾经一度的存在。之所以会如此，是因为她没有好好地保养自己，而在我们家族的鼎盛时代曾经爱护关心过她的人也都不在了；为时势所迫，她不得不长年辛苦奔波，很多在过去可以省减的劳顿，现在都成为不可避免的负担。

女人好像香草，如果不仔细保护，很快就会失去芬芳。她们又好比一座建筑，如果缺乏经常的照料，很快就会成为废墟。难怪人们常说，男性美是更加真实、更加牢靠、也更加优秀的，因为它可以持久；而假如没有庇护，最微不足道的伤害都可以全然改变一个女人的容颜：正午骄阳的曝晒，沙漠热风的炙烤，气流的无常，四季的变换，这些都是女性美的死敌。

假如我曾和她有过任何的亲热，假如她对我哪怕稍为假以辞色，我都一定会感到无上的幸福，我当真相信我会喜悦到发狂。但是，她从无更改的疏远训练了我的耐心，教我学会寻找安慰。在这样的事例里，双方可以相忘而不必受到指责。因为没有过牢固的约定，要求他们忠于彼此；没有许下过任何必须遵守的诺言，也没有订下过相互约束的海誓山盟。

——选自"关于遗忘"

我深爱这一故事：它如此简单，而又如此优美，好似洁白的素馨花，悠悠散发出若有若无的香味。

虽然它被放在"关于遗忘"这一章节里，虽然哈赞在故事的结尾再三强调在这样的情形之下，相互遗忘是不必遭到非难的，但是，自始至终，我们看到，哈赞对那个少女，从未有过片刻忘怀。章节的题目和故事的内容，形成一种反衬，一种张力。

关于女性美与男性美的对比，反映了十一世纪穆斯林男子难以避免的偏见。这里让我感兴趣的，不是女性好似香草这样的寻常比喻，而是诗人如何把少女和建筑以及城池联系在一起，爱情的回忆如何处处纠缠于对往日繁华生活的回忆。

那位爱而不得的少女，似乎象征了他一去不复返的青春时代；而她昔日光耀、如今憔悴的容颜，则象征了在柏柏尔铁骑践踏下荒凉废弃的柯尔多巴。在诗人未曾得到实现的青涩恋爱里，我们看到一个倾覆的王朝，一个逝去的时代，一座永远失去的城池。

伊贲·舒哈德，哈赞的好友（可能就是请他写作《鸽子的颈环》的人），这样哀悼柯尔多巴：

> 一个垂死的老妪，但在我心里
> 　　她永远都是一个美丽的少女。
> 不贞的妻子，曾经做过许多男人的情妇，
> 　　但又是多么可爱，多么富有魅力！

柯尔多巴塔楼

"在诗人未曾得到实现的青涩恋爱里，我们看到一个倾覆的王朝，一个逝去的时代，一座永远失去的城池。"

插曲之四

一千零一座塔楼

从 1031 年开始，随着最后一位哈里发的流亡，倭马亚王朝正式宣告结束，安达露西亚进入了一个新的时代。许多城邦纷纷独立，各自为政，它们的统治者被历史学家称为"塔伊法君王"（taifa kings）——"塔伊法"是阿拉伯语，意即"帮派"，因此，在英语里，这些城邦统治者又被称为"帮派君王"（party kings）。

十一世纪末期，阿默拉维德教派（Almoravids）的军队从摩洛哥进犯伊比利亚半岛。他们很快征服了"塔伊法君王"们，在伊比利亚半岛称雄。十二世纪中后期，他们又被来自摩洛哥的阿默哈德教派（Almohads）打败。同时，北方的基督教王国——加斯底，阿拉贡，还有西边新兴的葡萄牙，逐渐强盛起来，它们时时威胁着西班牙南部的阿拉伯势力范围。从十三世纪开始，西班牙的历史就是一个北方逐渐征服南方的过程。柯尔多巴于 1236 年失陷，塞维拉于 1248 年失陷。在这样的局面里，唯一维持下去的阿拉伯王国，就是定都格拉纳达的纳斯瑞德（Nasrid）王朝。

在那些征战不已的年代，阿拉伯文化——文学，艺术，哲学——继续了它的辉煌。

1243年，在开罗，一个来自格拉纳达的诗人，伊贲·萨义德（Ibn Saʾīd，1213—1286），编选了一部阿拉伯–安达露西亚诗集，题为《胜者之旗》。他的目的，在于向大马士革和巴格达的诗人们显示：西方的穆斯林诗人，也和东方的一样优秀。这部诗集的手稿，1920年代被著名的阿拉伯专家埃米利奥·戈麦兹（Emilio G. Gómez）在开罗发现，并把其中一部分翻译为西班牙文，在当时的西班牙诗歌界引起了极大震动，深深影响了所谓"27年的一代"（Generation of '27），包括洛尔伽在内。本书收录的阿拉伯–安达露西亚诗歌，都选自这部诗集。

1934年9月的一天下午，戈麦兹、洛尔伽和一群朋友在格拉纳达共进晚餐。戈麦兹回忆道："我们谈到我们近来的写作，我告诉洛尔伽，我计划写一本书，献给一位著名的阿拉伯诗人——伊贲·赞拉克。他的诗集是全世界有史以来最豪华的版本，因为它们就雕刻在赭城宫殿的墙壁上和喷泉石坛的边缘。洛尔伽则告诉我，他刚刚完成一系列盖绥达和伽扎尔，也就是说，一部'狄望'[1]，以此纪念格拉纳达的古代诗人。他准备把这部诗集命名为'塔玛里诗集'（*The Tamarit Poems*）。塔玛里是他们家一座果园的名字，他的很多诗都是在那儿写出来的。"

洛尔伽的诗集（其中包括二十一首诗）是在他死后很

1　"狄望"是阿拉伯语 divan 的音译，意即诗歌集。

多年才在西班牙正式出版的。戈麦兹在诗集前言中介绍说：在阿拉伯文学里，"盖绥达"是一首长诗，通常一韵到底；"伽扎尔"则是短诗，往往表现爱情主题。洛尔伽的诗并未遵循盖绥达和伽扎尔的诗律，只是取其神意而已。

在阿拉伯语里，"塔玛里"意即"很多的枣子"。它是洛尔伽一个亲戚的产业，据说从那里可以看见远方的内华达雪山，和安达露西亚平原上的白杨树林。

在一次关于诗歌的演讲中，洛尔伽曾说："一首诗是否伟大，不在于它的主题是否伟大……一朵玫瑰的形式和香味，可以向我们讲述永恒。"

我们应当记住这一点，在阅读八百年前阿拉伯诗人的作品的时候。

它们好像一座座隐秘而精致的摩尔塔楼。

1

我的眼睛，

　　解放了书页的囚徒：

　　　　白色解放了白色，

　　　　　　黑解放了黑。

伊贲·阿玛尔
（Ibn 'Ammār，卒于 1086 年）

这是一首关于阅读的诗。

诗人把书比作监牢。

阅读使书得到自由。

2

我从未听说过
　　这样的事情：

　　　她的谦卑
　　　把珠贝变成了紫英。

　　　她的容颜清澈，
　　当你凝视它的完美

　　你在其中看见了
自己的面容。

伊贲·阿巴德·拉贝西
（Ibn 'Abad Rabbihi，860—949）

这首诗，精炼而又优美地阐述了爱情话语中一个至为关键的思想：爱人在被爱者身上所看到的，所爱恋的，不是别人，乃是自己。

被爱者在这一意义上是没有个人人格的。就像爱人也没有个人人格一样。爱是抽象的，也抽象所有它诱惑的人。

在恋爱里，爱人是单调的，被爱者也是单调的。古往今来，有哪个爱人倾诉爱情的话语不是惊人地重复，又有哪个被爱者，当他或她的特征被爱人用文字和言语描述出来，不是惊人地相似呢？

“我爱他微笑时的样子。”

“她纯洁、清新而温柔。”

“他走路的姿态让我着迷。”

也许，我们可以说：爱人在被爱者身上所迷恋的，是幻想之中，自己所能够达到的，如此而已。

3

虽然她心甘情愿
　　　把身子交付给我，
我没有接受
　　　魔鬼的诱惑。

　　　她在夜间来到。
被她的容颜照耀。
　　　连黑夜也除去了
影幢幢的面纱。

她的每一顾盼
　　　都足以颠倒众生；
但我谨依神圣的戒律，
　　　勒住了情欲的烈骢。

对贞洁的渴望
　　　控制了本能。

　　　我和她共度一宵，
好比饥渴的骆驼，
　　　因为戴着嚼子，
没有办法吃喝。

她是花果丰富的田原，

　　　为我这样的男子

　　　　　提供了香与色。

要知道我不属于

　　　那些发狂的禽兽——

　　　　　分不清楚

　　　　　　　牧野和花园。

　　　　　　　　　　　　　　　伊贲·法拉吉
　　　　　　　　　　　　　　（Ibn Faraj，十世纪）

4

　　成熟的麦子
　　　　在风中弯下腰来

　　　　　　好似一队队骑兵
　　　　　　　仓皇败退
　　　　　　　　从罂粟的伤口
　　　　　　　　　流出鲜血来

　　　　　　　　　　　伊贲·伊阿德
　　　　　　　　　（Ibn 'Iyād, 1083—1149）

5

晶莹闪烁的河流

     在堤岸之间喃喃低语，

你简直会相信

     这是珠贝之溪。

     日午时分，

高大的树木

     用荫影覆盖它，

把它变成金属。

现在它一片碧蓝，

     被层层锦缎包裹，

好像披甲的武士

     在旗帜的影子里憩息。

穆罕默德·伊贲·伽利布·阿儒萨非

6

对他的美，他们半是嫉妒

　　　半是害怕

他们给他穿上褴褛衣衫

　　　剃掉他的头发

他们抹掉黑夜

给他留下了黎明

　　　　　　尤瑟夫·伊贲·哈儒·阿尔拉玛狄
　　　　（Yūsuf Ibn Hārūn al-Ramādī，卒于 1022 年）

7

天暗下来
　　　　花张开嘴巴
等着承受
　　　　雨水的滋润

沉甸甸的乌云
　　　　仿佛黑人兵团
威武地走过
　　　　配戴着金色的宝剑

伊贡·舒哈德

8

在安达露西亚
白色
是哀悼的颜色

我的头发白了
是为了哀悼
逝去的青春

阿部·乌哈桑·阿尔胡斯里
（Abū U-Hasan al-Hūsrī，卒于 1095 年）

9

每天夜里
　　　　我仰望天空
希望找到那一颗
　　　　你瞩目的星辰
我询问
　　　　四面八方的旅客
希望遇到那一个
　　　　呼吸过你的芬芳的人
风吹起
　　　　我迎风伫立
希望它会带来
　　　　你的消息
我在路上徜徉
　　　　漫无目的
希望有一支歌
　　　　回荡你的名字
我暗暗端详
　　　　见到的每一张面孔
在绝望中希望
　　　　瞥见你的美丽

阿部·巴克尔·阿尔塔图施
（Abū Bakr al-Turtūshī，1059—1126）

爱人在所有人的脸上，寻找被爱者的影子。

如果距离分开爱人和被爱者（而在诗歌里，距离永远分开爱人和被爱者），那么，爱人就会努力寻找一切可以帮他与被爱者建立起联系的东西：风，被爱者曾经凝望过的星星，一缕熟悉的芬芳。他找得那么努力，有时，我们简直觉得，他这么做，不是为了寻找被爱者的踪影，而是为了和这个广大陌生的世界，和人类，建立一点关系。

* * *

在题为"关于满足"的章节里，就爱人和被爱者之间的距离，伊贲·哈赞这样写道：

诗人们创造出来一种满足，他们希图借此表现他们的创作才能，展现他们新奇的想象力。每个诗人都曾根据自己的才能表现过这一主题，不过，这只是他们对写作技巧的展示，他说的话从根本上来讲不是出自真心。有一位诗人曾经这样写道：他感到满足，因为他和他的爱人头顶同样的天空，足踏同样的大地；另一位诗人写道，他的满足，是由于日与夜同时包容了他和他的爱人。每个诗人都希望出奇制胜，借助他们的新奇想象和微妙比喻，夺走荣誉的桂冠。请允许我在这里抄录一首我个人的作品，但愿没有一个后来者的诗作可以胜过它。我的主题是：为什么情人之间的距离其实根本不算什么。

他们说：“你的爱人住在遥远地方。”

“这对我来说已经足够了，”我回答，

“我们居住在同一时间，

同一个太阳照耀我，也照耀他；

谁说他的家宅太遥远，

如果只需一天的旅程？

他心目中的造物主，

能够包容我们两人——

我已经觉得十分满意，

不必追求更近的距离。”

　　在这首诗里，我表示，我和我的爱人在上帝的全知当中结合，这给我带来满足。天空，星辰，所有的世界，每一种单独存在的生物，都无偏无党地包含在这一神圣的知识当中。而且，我和我的爱人生存于同一时间之内。这比其他人说和爱人共享白昼与黑夜更加广泛，虽然也许乍看起来没有区别。因为所有的生物都在“时间”的控制之下，而人们发明“时间”的概念，乃是为了表示钟点的消逝，天体的运行，日月星辰的转动。白昼与黑夜是由日出和日落所产生的，它们会在神界告终，但是“时间”却永远不会消失。因此，白昼与黑夜不过是时间的一部分而已。有些哲学家的确宣称“阴影是无限的”，这一主张已经被视觉证据否定了。反驳这一主张的理由非常清楚，毋庸我在这里饶舌。我只想说，在我的诗里，我向读者暗示，我的爱人和我分别处于世界的东西两端，这实在已是人间最漫长的距离，但是，分开我们的这一距离，只不过需要一天的行程而已，因为在黎明时分，太阳从远东升起，而到白昼行将结束的时候，它却是在最遥远的西方降落的。

你，从来没有

你，从来没有
到达过我的臂弯的你呵，爱人，
从开始就已经迷失的你，
我甚至不知道什么歌曲
能够取悦你。我已经放弃了
在下一时刻的汹涌波涛中
认出你。所有广大的
图像——深铭于心的遥远土地，
城池，塔楼，桥梁，还有
道路意想不到的转弯，
曾经律动着神性的原野——
它们全都在我心中升起，
向我诉说
永远捉摸不定的你。

你呵，爱人，你是我
怀着渴望凝视过的
所有的花园。一扇打开的窗子，
在乡下的房子里——，你几乎

就要走出来了，沉思着，走出来和我相遇。

我偶然漫步的街道，——

你刚刚还在它上面走过，刚刚消失。

有时，在一家店铺里，众多镜子

依然晕眩于你的在场，受惊地

反映出我突然的影子。

谁知道呢？也许那同一只鸟儿

曾经分别回响于

我们两个人——昨天，

在晚上……

里尔克（1913—1918）

我们没有"神的知识"。我们所知道的东西，比起我们所不知道的东西，少得可怜。而对很多那些我们自以为知道的东西，我们并不确定。至于那些对自己的知识总是确信无疑的人，套一句基督徒常说的话："愿上帝帮助他。"

所以，我们需要想象。但有时在知识和想象之间，没有清楚的分界。就比如，在下面的这首诗里，本书作者想象日落，想象风暴，想象风暴中的人想象云层之外的阳光，也想象在同一个广大的世界上，有一个人，就在她写下这首诗的时刻，轻轻吹一支电影插曲的口哨。

这种想象——你可以叫它知识——给人带来安慰。它把世界变得不那么大，不那么异己，不那么生硬。

她把这首诗题为"几何"。因为，几何是她小时候最喜欢的功课。解一道几何题，需要想象：富有逻辑性的想象。还有一点，非常重要：证明一个定理，可以经过非常繁琐的程序，写上几大张纸；但是，也可以只消三两道步骤——那也就是说，如果你能动用你的想象力，看到表面上似乎毫不相干的空间与空间、角与角、点与线之间，某种微妙的关联。

真的很美：那样的精确，那样的简洁。

好像上帝眼中的世界。

几何

云头驶过——雨过天青的袄裤——
襟袖不留痕——甚至没有娓娓地湿润——
从亮边可以知道，看不见的日落——
这里仍是阴阴的，白雪绿房子的空间。

那是——好比有一次，在飞机里——
透过圆领小窗，看见云层，知道下面的雨——
知道下面的人知道风暴之外——
满怀对太阳的色欲，沿着疾速的日光航行。

所以——每个人都应该知道——
线与点连接起的空间之外——
虽然不一定是对角——有什么关系？或许（或许！）
只有更好——
你在看不见的那里，轻轻吹一支月亮河的口哨。

10

现在
　　我们远远分开，
　　　　我的心干涸了，
　　　　　　泪水却不断涌上来。

失去你的日子。
　　　　变得漆黑一团；
当我和你在一起，
　　　　连午夜也充满光明。
　　　　就好像我们从未
共同度过那一晚：
　　　　我们合为一体，
没有第三者在旁边。
那天夜里，
　　　　我们的幸运之星
驱散了流言。
　　　　我们好比两个秘密，
被黑暗之心
　　　　紧紧系在一起，
　　　　　　直到黎明的舌头
　　　　　　　　威胁着
　　　　　　　　　　泄露我们。

　　　　伊贲·扎伊敦（Ibn Zaydun，1004—1071）

情人的拥抱：十七世纪波斯画页

"我们好比两个秘密，／被黑暗之心／紧紧系在一起。"

11

从阿尔扎哈拉，
　　　我深情地
　　　　　回忆你。

天空清明，
　　　大地宁静。
　　　　　随着黎明降临。
　　　　　　　微风渐渐平息，
　　　　　它好像在怜悯我，
　　　流连不舍，
充满温情。

河道弯曲，
　　　水波闪烁银光，
好似一根项链，
　　　从脖颈摘下，丢弃在一旁。

许多个甜美的日子
　　　已经成为过去，
我们窃取欢乐，
　　　好像命运的盗贼。

今天和往常没有分别，
　　　我却形单影只。
吸引住我双眼的
　　　鲜花好像磁石。

花儿也是眼睛，

　　它们看到我的失眠，

　　　　为我流泪不止，

　　　　　　晶莹的泪水

　　　　　　　　玷染了花心。

灿烂阳光下，

　　　　红色蓓蕾

点燃了玫瑰花丛，

　　　　早晨无比光明。

　　　　睡莲的呼吸

充满芬芳，

　　　　惺忪的困眼

在黎明开合。

所有这一切

　　　　都让我想起

我对你的激情：

　　　　它永远活在我心中。

如果能像我期望的那样，

　　　　我们再次相聚，

那一天，在所有日子里，

　　　　将会最为美丽。

天上的神，

　　　　请赐给我安宁——

让我不再乘着欲望的翅膀

　　　　飞到你身旁。

如果过路的风

　　　　把我带给你，

倒在你脚下的，

　　　　将是一个被痛苦磨穿的男人。

呵，最珍贵的宝贝，

　　　　你最美好，最让我怜惜——

就好像从事

　　　　一桩珠宝交易，

在过去的日子里，

　　　　我们向彼此索取

　　　　　　纯粹的爱意。

现在只有我

　　　　还可以夸说忠诚。

你已经离去，

　　　　我独留此地，

　　　　　　依然悲伤，

　　　　　　　依然想念你。

　　　　　　　　　　　　伊贡·扎伊敦

"情人"，巴格达，约公元 1400 年左右，现藏纽约大都会艺术博物馆。

"就好像从事／一桩珠宝交易，／在过去的日子里，／我们向彼此索取／纯粹的爱意。"

柯尔多巴的诗人伊贲·扎伊敦，爱上了瓦拉达公主，倭马亚王朝末年一位哈里发的女儿。据说瓦拉达非常美丽，擅长写诗，有自己的沙龙。他们的恋爱，以瓦拉达的变心告终。不过，从瓦拉达留下的诗句看来，似乎扎伊敦并不像他在自己的诗里描述得那样忠诚：他追逐少年，也和公主的侍女调情。

诗需要散文：诗是专注的，强烈的；散文是分散的，富于反讽的。诗是瞬间；散文是过程。

穆斯林世界当时的习惯，在衣袖上刺绣诗句或者祈祷词。下面的诗句，据说绣在瓦拉达右边的衣袖上：

安拉为我作证：我的目标高远；
我走自己的路，而且充满自豪。

左边的衣袖上则绣着：

我把飞吻抛洒给那些怀着渴望的男子。
但只有我的爱人，才能亲到我的面颊。

12

本来，睡眠之鸟

　　将要在我的眼睛里

　　　　栖息

它看见我的睫毛

　　便立刻飞走了

　　　　因为惧怕网罗

　　　　　阿部·阿米尔·伊贲·阿尔哈玛拉
　　（Abū 'Amir Ibn al-Hammārah，十二世纪）

13

战争的热情
　　好比我在
　　　　离开苏雷玛时
　　　　　　体验到的感觉

　　　　在林立的长矛中
我看见了她的腰肢
　　当它们倾斜下来的时候
我张开手臂，拥抱了它们

阿部·哈桑·伊贲·欧波塔努
（Abū I-Hasan Ibn al-Qabturnuh，十二世纪）

14

别以为我轻浮
　　只因一副美妙的歌喉
　　　　俘获了我的心

一个人
　　有时应当严肃
　　　　有时需要轻松
就好像一块木料
　　可以做成歌手的笛子
　　　　也可以做成武士的长弓

易布拉罕·伊贲·乌斯曼
（Ibrāhīm Ibn 'Uthmān，十二世纪）

15

我送你这面美妙的镜子
　　好让你的脸
　　　　像一轮月亮那样
　　　　　　在地平线上升起来

然后你就会承认
　　你有多么美
　　　　就会原谅我
　　　　　　为你感到的激情

虽然你的镜像闪烁不定
　　它总是比你本人
　　　　更慈悲，更容易接近，
　　　　　　也更信守诺言

　　　　　　　　易布拉罕·伊贲·乌斯曼

16

无论谁看到她的眼睛，
　　　　都会成为她的俘虏，
就好像美酒
　　　　吸干了饮者的神明。

每个人都惧怕她的顾盼，
　　　　除了她自己。
难道宝剑在刺穿一颗心之前，
　　　　从不颤栗？

哭泣的时候，
　　　　我抬头仰望她，
她的前额犹如皎日，
　　　　驱散了满天乌云。

当我记起她的腰肢，
　　　　爱情使我颤栗，
就好像树枝上
　　　　咕咕歌唱的鸽子。

她的缺席在我心中
　　　　留下黑色的哀愁，
就像是太阳落山了，
　　　　把世界留在黑暗里。

乌玛尔·伊贲·乌玛尔

17

她尽情享受
　　　　她的坏名声。
为那夜间出去的人，
　　　　她提供比黑夜更好的照应。

　　　　她的双脚
踏入千门万户，
　　　　但是没有人想到
她能进入多深。

无论对什么人，
　　　　她都笑脸相迎；
她的脚步声
　　　　不会打扰四邻。

　　　　她的披风
从不折叠，
　　　　比战争中的旗帜
还要招展得热烈。

她发现自己
　　　　非常有用，
同时也发现了
　　　　罪过和聪明的区别。

她或许不晓得

教堂的所在，

　　　　但是她熟悉

每一处客舍和酒家。

她总是笑容可掬，

　　　　充满虔诚，

她知道的故事和笑话

　　　　数也数不清。

　　　　她口袋里的钱钞

买不起一双鞋子，

　　　　她拥有最多的

是愁苦和悲痛。

她擅长卜卦算命，

　　　　也会符水治病。

她伶牙俐齿，

　　　　能说得水火相容。

阿部·哈法尔·阿哈默德·伊贲·萨义德
（Abū Ja'fal Ahmad Ibn Sa'īd，卒于 1163 年）

这首诗里描述的女人，是我们在中国古典白话小说里常常见到的一种形象：媒人，或者，"牵头"。

一部著名的西班牙长诗，《恩爱书》（*Libro de buen amor*），进一步发展了对这一形象的描写。《恩爱书》是十四世纪一位基督教牧师璜·儒易兹（Juan Ruiz）的作品，里面的老妪以卖珠宝为名，进入贵门豪宅，为牧师做媒拉纤，勾引青年寡妇或者修女。她能言善辩，可以把最贞节的女人说得怦然心动，最终屈服于她的摆布。

18

今夜的寒冷
    像蝎子一样蛰人
火炉是我们
    唯一的药品

它的光华
    从四周的黑暗
        剪出一张温暖的被单
            躲藏在下面
                寒冷就无法找到我们

我们团团围坐在
    火焰的容器周围
它好比一碗美酒
    我们从中共饮

有时它容我们走近
    有时它把我们推开
就好像一个母亲
    有时敞开胸怀给孩子哺乳
        有时把衣襟合拢起来

                伊贲·萨拉（Ibn Sārah）

19

他给我痛苦
    增加我的耐性
就好像烛芯
    越剔越是光明

伊贲·阿尔哈基
（Ibn al-Hajj，十二世纪）

20

青色山丘
　　色彩明丽
　　　　好像打开姑娘的嫁妆
　　　　珠链闪烁生光

或者好比
　　打翻了香炉
　　　　兰麝膏泽
　　　　　馥郁芬芳

鸟儿在枝头鸣叫
　　有如歌女理曲
瀑布不断倾泻
　　银子与珍珠

春日景色
　　如此完好
令人想到
　　确信无疑
　　　是多么美
　　　信仰

　　　　多么辉煌

阿卜杜拉·伊贲·斯玛克

（'Abd Allāh Ibn al-Simāk）

雨云下的风景：十四世纪波斯诗集插图

"青色山丘／色彩明丽。"

21

唉，阿布巴克尔，我的朋友，
　　　　当你去到西尔维，请你
替我问候那里的百姓，看是否有人
　　　　还记得我，一个怀旧的年轻人。

在那座有许多阳台的宫殿里，
　　　　居住着狮子一样勇猛的武士，
　　　　　　　羚羊一般洁白的女郎。

在那里，我度过了多少
　　　　快乐夜晚，
那些丰臀细腰的女子，
　　　　我深深地记得她们。
　　　　　　她们击中我，
　　　　　　　　仿佛雪亮的宝剑，
　　　　　　　　　　黑色的长矛。

其中有一位少女，
　　　　我和她在宛转河曲
　　　　　　共度了许多春宵。
她的手镯好似
　　　　起伏不止的波涛。

时光流逝，

　　她为我送上美酒——

　　　　送上她的唇吻，她的顾盼，

　　　　　她的玉液金杯。

当她的纤手拨弄琴弦，

　　我不由全身颤抖，

好像一柄利剑

　　砍下敌人的头。

当她脱去长袍，

　　露出纤腰，

好似一束来自天堂的光线，

　　又好似春柳柔条；

连她周围的空气

　　也对她爱抚有加——

直到玫瑰的蓓蕾

　　开放成一朵鲜花。

穆塔米德
（Mu'tamid，1040—1095）

穆塔米德是安达露西亚文学史上著名的诗人。他在二十九岁，成为塞维拉的国王。当他还是王子的时候，他曾是西尔维（Silves）的总督。他在上面的诗中所极力描写的少女，名叫伊塔米德（I'timad）。

　　据说，穆塔米德十九岁那一年，曾和他的侍从们一起在塞维拉的河边漫步。他见景生情，即兴吟出一行诗句：

　　风在河面吹出涟漪，造就一副铠甲——

　　他命陪侍在旁的诗人伊贲·阿玛尔续出下句。在伊贲·阿玛尔沉思之际，河边一位洗衣的少女应声说道：

　　待结冰以后，该是怎样的一面盾牌！

　　王子对诗句大加称赏。他发现诗句的作者不仅聪明，而且非常美丽。他为她赎身（她原是女奴），娶她为妻，把她带回了西尔维。那一年，伊塔米德十八岁。

　　伊塔米德成为穆塔米德最宠爱的妻子。据说，她曾偶尔提到，她很想试试在泥水里行走是什么滋味，穆塔米德即命人用麝香和檀香木屑混合为泥，供她践踏。又有一次，她因怀念故乡的雪而哭泣（她从小生长在西班牙北方的基督教家庭），于是，穆塔米德命人连夜在她居住的宫殿外面移栽了上百棵开花的杏树。次日早晨，他把她带到窗边，对她说道："看哪，我的爱，这不就是你想念的雪花吗？"

　　1091年，穆塔米德的王国被阿默拉维德教派领袖尤瑟

夫·伊贲·塔施番（Yusuf Ibn Tashfin，1019—1106）的
军队征服。穆塔米德和其他皇室成员流亡到摩洛哥。伊塔
米德一直陪伴在他身边，直到他死前数日辞世。

有一次，穆塔米德遣人问伊塔米德，是希望他来看她，
还是准备自己前往。下面是伊塔米德的回答：

我要你，我的爱，像疾风一样到来，

来耕耘我的身体，至少给它三次灌溉。

22

太阳离开之际，
　　　　对我们深深俯首，
这时她向我许诺，
　　　　说她要来看我：
新的太阳即将升起，
　　　　在月亮开始夜航的时候。

　　　　洁白的黎明
在夜色中打开道路，
　　　　又似河面微风
轻盈飘拂。

空气散发芳馨，
宣告她的来临：
香味
　　　　总是先于一朵花。

我追溯她的足迹，
　　　　好比读者
　　　　　　细读一行书。

夜睡了，
爱醒着，

执扇仕女：十六世纪波斯画页

"夜睡了，／爱醒着，／她有芦苇的腰肢，／沙丘的臀围，／明月的脸庞。"

她有芦苇的腰肢，

　　沙丘的臀围，

　　　　明月的脸庞。

这一夜一半用来拥抱，

　　一半用来接吻，

直到黎明的旗帜招展，

　　呼唤我们离开。

啊，命定的夜！

　　请你宽限，

　　　　请你延宕

　　　　　　分离的时辰！

伊贲·萨法尔·阿尔玛瑞尼
（Ibn Safr al-Marīnī，十二世纪）

23

在蜜河之曲
　　　　请你稍事逗留
我曾经在那里
　　　　消磨了一个晚上

　　　　从红唇中饮酒
摘取玫瑰的羞容
　　　　无论流言四溅
我们盘桓到黎明

灯火浮动
　　　　在河水中投下
　　　　　　　长矛一样的倒影

好似隔溪的树木
　　　　枝条纠缠在一起
　　　　　　　我们的拥抱
　　　　　　　　　密不可分

东风捧觞
　　　　美酒清凉
　　　　　　　芦荟飘香

我们流连忘返
　　　直到霜降如玉
夜莺的歌声
　　　使我更加哀伤

伊贲·阿比·饶
（Ibn Abī Rawh，十二世纪）

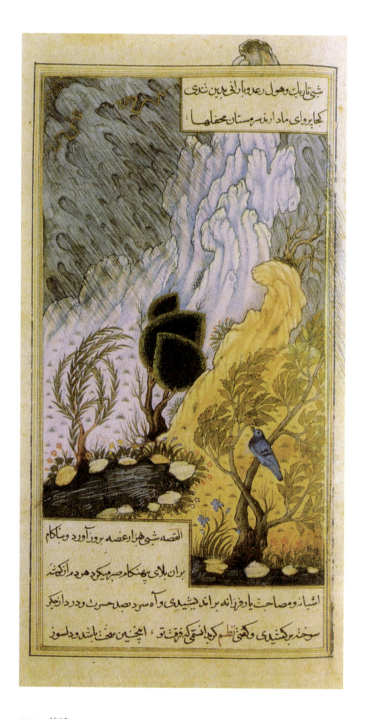

暴风雨（十六世纪波斯画页）

"闪电好似／夜衣的花边。"

24

很多夜晚
　　　我独行于山谷
　　　　　宝剑挂在腰间

众星慌乱
　　　在黑暗之海上沉了船
　　　　闪电好似
　　　　　　夜衣的花边

　　　　　或者犹如黑色的兵士
　　　从受伤的肩膀
夜色涌出了鲜血

伊贲·阿提亚
（Ibn Atiyah，1088—1146）

25

　　春天的手
　在挺拔的枝条上
　　　建筑起一座座
　百合花的城堡

　在白银的城垛
　　　环绕他们的君王
　卫士们手持
　　　金色的长矛

伊贲·达拉吉
（Ibn Darraj，958—1030）

26

池塘里

　　睡莲盛开

　　　好似小小的火舌

　　　　跃出水面来

　　　　　　　　　　　　　　伊贲·汉第斯
　　　　　　　　　　　　（Ibn Hamdis，1055—1132）

27 咏洋蓟

水与土的女儿，她的善意
　　是开放的——对那些希望
　　　逾越矜持的屏障
　　　　赢得她的人

她的洁白与美丽
　　好似一位希腊的处女
　　　深深隐藏在
　　　　长矛林立的卧室里

阿卜杜拉·伊贲·阿尔塔拉
（Abdallah Ibn al-Talla，十一世纪）

洋蓟的英文名字是 artichoke。它原产地中海，是欧洲国家常见的蔬菜，二十世纪初期开始在美国大量培植。没有亲眼见过洋蓟，很难欣赏这首诗比喻之精确，意象之优美。洋蓟的叶片坚锐，层层包裹着洁白鲜嫩的蓟心。吃洋蓟一定要很有耐性，否则，就无法发现重重隐藏起来的温润美玉。

洋蓟

植物是有地方性的东西。在文学里描写果菜，会给作品增加许多地方色彩，但也会给其他地方、其他文化的人带来欣赏方面的障碍。由此想到，如果"多识草木鱼虫之名"，可以给阅读带来很多意想不到的乐趣，特别是当作者用生动形象的语言描写某种动植物的时候。

二十世纪之初，在时代潮流的影响下，周作人常常在他的文章里为我们文化中向来受到冷落的方面呼吁，比如儿童文学，民俗研究，还有对自然界、生物界的观察。虽然"五四"的遗产是十分驳杂的，但这些主张，我一直以为非常好。只可惜直到现在，除了专门的自然学家和生物学家以外，人们对自然界的一般常识还是相当欠缺，治文学者也往往不留心于现实生活中的草木鱼虫。这方面的通俗读物也很少，反映出人们对此不甚关心，又因其缺少而限制了大众的兴趣。

我记得小时候曾经非常喜欢的一本歌谣，上面画着"大黄鱼、小黄鱼"之类，用儿歌的形式，描述它们的特征和习性。虽然简陋，却足以使我在二十多年后仍然念念不忘，可见儿童是多么醉心于这样的读物。类似的读物，做得精致一些，其实不仅可以娱乐孩子，也可以教育成人。

阿拉伯诗人伊贲·阿尔塔拉的比喻，总让我想起《三国演义》里面的孙夫人：她的卧室陈设着众多兵器，曾经让新郎刘备胆战心惊。爱与死，原也相距不远：因为是同样的充满了危险的事业（a perilous undertaking），而且，人人都会遭逢。

28

最精致的一个夜晚
是这样的一个夜晚——

把眼睛和睡眠远远分开，
　　把耳环和脚环连起来。

伊贲·萨里
（Ibn Salih，十一至十二世纪）

这是一首绝妙的亵曲。把它放在这一组阿拉伯-安达露西亚诗歌的末尾，因为它简捷，幽默，机智，令人微笑；因为它不装腔作势，充满生命的能量。一个文化，倘若没有这样的作品，或者，总是板起面孔指斥这样的作品，这个文化，恐怕是不健康的。

塞维拉的序曲

弓箭手

黑暗的弓箭手
　　　　接近了塞维拉。

开放的瓜达拉维尔。

灰色的宽檐帽，
　　　　漫长的披风。

呵，瓜达拉维尔！

他们来自远处
　　　　哀愁的国度。

开放的瓜达拉维尔。

现在他们正在进入

　　一座迷宫：

　　　　爱情，石头，和水晶。

呵，瓜达拉维尔！

　　　　　　　　　　　　　　洛尔伽

塞维拉

塞维拉是一座塔楼，
里面有最好的弓箭手。

在塞维拉受伤，
在柯尔多巴死去。

一座埋伏中的城池
　　　　等待长音出现，
好似迷宫，
　　　　把它们逐一盘卷。
好像金焰燃烧的
　　　　葡萄藤蔓。

在塞维拉受伤！

在天空的拱门下，
　　　　在清净的平原上，
它不断发射出
　　　　河流的利箭。

在柯尔多巴死去！

地平线使它疯狂。

　　它在自己的酒里，

　　　　搀杂进堂璜的苦涩，

　　　　　　狄奥尼索斯的完美无缺。

在塞维拉受伤。

　　永远地，在塞维拉受伤！

　　　　　　　　　　　　洛尔伽

六　塞维拉：失落的城池

在安达露西亚平原上，瓜达拉维尔河是一根细长柔韧的枝条，从它肿胀的关节，开放出黑色的兰花：柯尔多巴，塞维拉……

没有一种单一的形象和语言可以描绘塞维拉。比起柯尔多巴和格拉纳达，它复杂得多，也矛盾得多。它的美，起初直是令人不快的，因为巨大，全力以赴地向人压下来。素馨花洁白明媚的香气中，点缀着晶莹的喷泉和池塘的阿尔卡萨（Alcázar），金黄的瓷砖，黑色的牛首，血腥，阴雨，迷宫一般的巷子，晕眩，呕吐，浓郁厚重的朱古力，犹如化不开的夜色。一个城市可以通过很多感官的体验进入一个游客，成为他或她生命的一部分，被带走，带到世界各地，分散的碎片，陨石雨，化为新的，星辰一般的湖泊。

12 月 17 日下午，我们到达塞维拉的时候，塞维拉在下雨。

阴湿，寒冷，连绵起伏的雨。

三天之后，在赭城的狮子园，因为不小心揿错了数码相机的按钮，在塞维拉拍摄的六十多张照片全部丢失了。

对于现代旅游者来说，大概没有什么灾难是更为巨大的吧：丢失了相片，也就丢失了记忆。塞维拉是一座失落和遗忘的城池。

瓜达拉维尔河畔，背景是黄金塔 (Torre del Oro)

但是，正因为失去了图像，也就更容易想象塞维拉。马可·波罗，著名的威尼斯游客，据说凭想象写下了他的游记。虽然历来对此众说纷纭，我却宁愿相信，他的游记来自阅读，来自文字，来自幻想中的记忆。

步行是了解一座城市的最好方法。只有依靠步行，才能接触到一座城市的灵魂。

塞维拉是我们步行最多的一座城市。

我们旅馆所在的天主教君王大街（Calle Reyes Católicos），从任何一条岔路走出去，很快就变成狭窄的小巷，它们好似蛛网一样延伸到四面八方。在这些街道上，飘荡着雨水、橘子树和橄榄的气味。

如果向东走，会来到吉拉若达钟楼（La Giralda）。吉拉若达是"风信标"的意思。这是因为钟楼顶端有一座信仰女神的青铜塑像，她手中持有风信标。它本是建于十二世纪末期的清真寺的一部分，后来，清真寺被基督教征服者改建为教堂，塔楼也就成为钟楼：赫尔南·儒易兹（Hernán Ruiz）在清真寺的宣礼塔上面，加了一顶文艺复兴风格的"王冠"。和基督教徒不同，穆斯林不用钟声召唤教徒做礼拜，他们依靠"穆亚岑"（muezzin）：黎明时分，当整个城市还在熟睡的时候，穆亚岑登上塔顶，大声呼唤信徒们来清真寺祈祷。据说，穆亚岑一般由盲人担任。在小说《里斯本之围纪实》（*The History of the Siege of Lisbon*）里，葡萄牙作家萨拉马戈（José Saramago）描写了这样一位黎明即起的穆亚岑。他还特意告诉读者，挑选盲人做这样的工作，不是为了慈善目的，而是因为在如此高度，明眼人可以清楚地看到城里人家的内院和屋顶平台，从而侵犯到他人的隐私。然而，很难说这是小说家的想象，还是历史事实。

就像所有从微小到巨大的人类创造物一样，吉拉若达教堂始于一个梦。据说，1401 年夏季的一天，塞维拉的神父们做了一个相同的梦，在梦中，他们被告知：他们必须重修毁于地震的教堂，而且，要把它打造成一座天下无双的建筑。于是，在原来的清真寺基础上，建立起这座号称世界最大的教堂。弗吉尼亚·伍尔夫（Virginia Woolf）称之为"大象一般笨重的美"："虽然并不好看，还是令人难忘，就好像一处陡峭悬崖或者一个无底深井给人的感觉那样。"[1]

伍尔夫的描述相当准确，虽然就连"难忘"二字，我都不舍得应用于这座教堂（里尔克的批评更严厉，更极端）。我对教堂本身不感到太多兴趣，哪怕它里面填充着各种精致的雕塑、油画，光辉灿烂的祭坛，还有闪烁着神秘光辉的彩色玻璃。教堂的宏伟空间，它严峻的高度，的确让人无法不惊叹，但是，也就止于惊叹而已。塞维拉的神父，大概想用夸张的空间征服和淹没摩尔人的骄傲，我觉得他们是失败了的。

但我不反感教堂的钟楼。无论在塞维拉何处，都可以见到挺拔纤秀的吉拉若达钟楼，除了在它脚下迷宫一般的巷子里，或者，当我们一圈一圈地攀上三十多层围廊，站在钟楼顶层的时候。这时，整个塞维拉在面前展开，我们脚下是教堂起伏的穹顶，好像一座座苍白的小丘；很多雕花的石柱，好像一丛丛林立的长矛；在教堂的庭院里，就和柯尔多巴教堂一样，种着一排排橘子树。绿色的波涛里，闪烁着很多小小的金帆。

1　弗吉尼亚·伍尔夫著：《早期日记，1897—1909》(*The Early Journals, 1897-1909*, London: The Hogarth Press Ltd, 1990)，1905 年 4 月。

英国画家大卫·罗伯茨
（David Roberts，
1796—1864）笔下的拉
吉若达钟楼

　　我想象那瞽目的穆亚岑，在教堂还是清真寺的时代，
缓慢地，小心地，一步一步登上塔楼顶层——没有现在这
么高，但是依然惊人地美丽：雕花的灰砖；纤细的石柱；
优美的拱形窗户外面，小小阳台的洁白栏杆，从半圆的黑
暗中呈现出来，让你恍然觉得似乎从那神秘的、满月一般
的黑暗中，马上就会露出一张美丽的摩尔少女的面庞。西

班牙伊斯兰教建筑最突出的特点，就是巧妙地融合朴素和华丽，简单与繁复。但是所有这些都是塔楼的外观，即使穆亚岑的眼睛没有盲，他也无法看见。他在永恒的黑暗里，走着熟悉的路，这么熟悉，以至于根本不用记数，他就知道在哪里应该拐弯，哪里的回廊有一处细小的凹凸不平。从塔楼的窗子里，透入新鲜的空气，仅仅从风的凉爽程度，就可以知道他到了塔楼的第几层。在他的想象中，他知道从这一层望出去，可以看到多远，看到哪些人家的阳台和庭院，庭院里寂寂地起落着清澈的喷泉。很多故事，藏在那些房子里，很多悲欢，很多无聊，小气，争执，很多爱情和欲望，吵闹，交合。穆亚岑贪婪地嗅着烈烈的风吹来的城市的气味：橘子树的芬芳，柠檬的酸涩，藏红花的馥郁，欧蒔萝籽的辛香。不，清真寺长老的担心是多余的：穆亚岑不必看见那些人家的动静，才了解他们的秘密。在弥漫着微光的盲人的黑暗里，穆亚岑知道，"看见"只会限制一个人的知识。

那天，是包弼德的生日。我们在一处塔帕斯（Tapas）酒家共进晚餐。塔帕斯酒家的橱窗里，挂着毛茸茸的野兔，开膛破肚、刷洗得干净利落的猪仔；走进去，可以看到玻璃柜台里陈列着牡蛎，生蚝，鱿鱼，青虾，火腿，给人节日的、富足的感觉。那天晚上，我们喝了很多的香格里亚。

外面，塞维拉十二月的石子路，倾斜着湿漉漉的灯光。

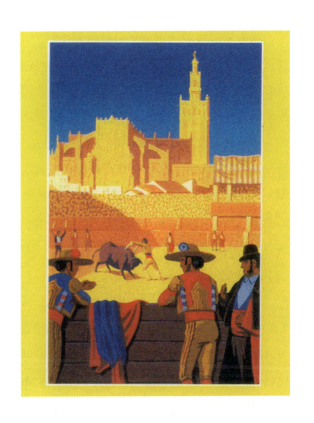

塞维拉的斗牛场，背景
是拉吉若达钟楼。

　　从天主教君王大街向西南走到克利斯托科隆大道
（Paseo de Cristóbal Colón）左转，不久就会来到塞维拉
的斗牛场（Plaza de Toros de la Maestranza）。可以容纳
一万四千名观众的斗牛场，在没有斗牛的时候，空荡荡的，
金砂铺地，朱红围栏，因为所有的喧嚣，血腥，浓郁的色
彩，而显得空旷的一个瞬间。旁边的陈列馆里，有悬挂在
墙上的巨大牛头，沉重的绣花披风，供斗牛士祈祷的小礼
拜堂：仪式化的、得到社会群体认可的暴力，被拘限在优
美严格的形式里，呈现出来。后来，在塞维拉艺术博物馆
（Museo de Bellas Artes de Sevilla），再次感到这种精神。

斗牛场对面的街道旁，可以看到卡门的雕像（塞维拉过去的皇家烟草工厂，雇佣着上万女工，供应欧洲四分之三的雪茄，现在成了塞维拉大学的一部分）。为历史人物和传说人物塑像，似乎是一个普遍的嗜好，然而也是孩子气的，好像要是没有视觉的证据，就不能使人产生"思古幽情"。我很少见到一尊让我觉得好的历史或文学人物的雕像：一般来说，它们总是限制了、而不是延伸了想象力。

　　卡门是属于塞维拉的，就好像唐璜一样，但又是无形的，一个隐隐约约的、热情奔放的调子，不断回荡在这座城市的背景旋律之一。

　　比起柯尔多巴和格拉纳达，塞维拉似乎能够更好地代表西班牙的文化传统，因为它是如此明暗相间的一座城市。比如说，离吉拉若达钟楼不远，是穆第哈（Mudéjar，留在基督教王国的摩尔人）工匠在十一世纪摩尔宫殿的基础上扩建的，融合了伊斯兰教与文艺复兴时期建筑风格的阿尔卡萨王宫。这里，一切都是光明：和谐婉妙的色彩，晶莹的喷泉，拱廊错落的庭院，优雅的棕榈树，池塘里浮着翠羽斑斓的野鸭。历史以空间的形式呈现出来，因为塞维拉陷落以后，历代基督教君王都在不断地扩建这座占地面积广大、结构繁复的宫殿群。似乎只有在这里，沉重而阴郁的西班牙天主教君王才终于能够轻松下来，呼吸和享受另一种文化带来的新鲜空气。

　　假使我们在离开吉拉若达钟楼之后向北走，会来到西尔普斯街（Calle Sierpes）——"蛇巷"。据说，在十六世纪，这条街上有一家客栈，挑着一面绘有蛇头的招牌；也有人说，蛇巷的名字，只不过是因为这条街的狭窄曲折。沿街两旁，鳞次栉比地排列着店铺，酒家，咖啡屋，俱乐部，桥牌室，剧场。在三四月之间的复活节庆典中，它是宗教游行队伍的必经之地。

塞维拉的宗教庆典和游行是著名的：整整一个星期的时间，五十八个宗教团体——每个团体包括三百人到两千人不等——离开他们各自的教堂，高举各色旗帜与沉重的祭桌，上面花团锦簇地陈设着耶稣受难像，盛饰的圣母像（在所有圣母像里，一位十七世纪无名雕塑家的作品是最出名的：她的脸上有永远的惊讶，那是一种看到某种不可置信的景观的神情，一种在完全没有防备的情况下突然被利剑刺穿的神情），烛台，鲜花，灯笼，由三十到四十个头缠白布的健壮青年扛抬着，沿着固定的游行路线，缓慢地穿过全城。人群中的歌手，不时锐声歌唱萨伊塔——"箭矢"，那就是洛尔伽在诗中歌咏的情景了：

塞维拉是一座塔楼，
里面有最好的弓箭手……

这些"黑暗的弓箭手"，缓慢地穿行过一座迷宫般的城池，"一座埋伏中的城池／等待长音出现"。这种色彩浓重的宗教狂欢，纠缠着对偶像、血、罪与罚和受苦的迷醉，和光明、优雅的阿尔卡萨形成了强烈的反差。这是"另一个"塞维拉，"另一个"西班牙：混合了严厉与放纵，禁欲和肉感，对肉体、死亡以及血腥感到情不自禁的吸引和迷恋的西班牙。

这种景象，在塞维拉艺术博物馆，比在任何其他地方都给我更大的震动。从蛇巷左转向南，不多久，就会看到坐落在初建于十三世纪的一座修道院里的博物馆。这是我们来到塞维拉次日的下午。虽然明知这是西班牙人极引以为自豪的艺术博物馆，在里面消磨的两个小时是非常难过的。博物馆展品中留给我的最深印象，便是身体赤裸、鲜血淋漓的耶稣受难像。圣约翰的人头斜放在玻璃柜里，连脖颈断裂处的大小血管都充满爱意地雕塑出来。忏悔的圣杰罗姆手持十字架，屈一膝跪在地上，微张的口和专注地凝视十字架的双眼充满渴望，手臂青筋毕露，上半身赤裸，胸部、腿脚的每一块肌肉都十分紧张，用了很大的力量。

塞维拉艺术博物馆里的圣杰罗姆像

我看了，却只是不耐，胸口感到压迫，只想赶快离开。

那是我们在塞维拉的最后一个晚上。晚饭之后，虽然很疲倦了，我们还是一起去看了一场弗乐明柯表演。半夜时分，我开始发烧，呕吐，腹泻，睡得很少；第二天早晨，只有病恹恹地躺在床上了。包氏夫妇闻讯来我们的房间探望，就像健康人在病人面前总是好像有些内疚似的，大家都拿一副很抱歉的样子看着我，佐登美在我枕边放了一只橘子。虽然所安担着心，甚至打算取消去格拉纳达的行程，但我绝对不想再在塞维拉逗留下去，所以，那天下午，我们还是按照原定计划，乘火车离开了塞维拉。

生病的人，照例享受到很多额外照顾：在火车站候车时，佐登美和所安分头为我去找矿泉水，包弼德看守行李和我。他看我那么有气无力地靠在行李上，突然灵机一动，说我为你跳弗乐明柯舞解闷如何，一边就做了一个夸张的弗乐明柯动作，我虽然病得难过，也忍不住笑起来，包弼德受到鼓励，又连续比划了几种姿势，颇解我的愁颜。豪放的包弼德也有这样善于体贴人的时候，我心中着实感激。乌云有银边，原是不错的。只不过，那时大家都看着我可怜，还不知道这种感冒病毒，将要一个一个地收拾我们所有人哩。到格拉纳达的第二天，我已经在慢慢恢复，包弼德却闹腹泻和发低热，可怜他还硬撑着和我们一起游了赭城；所安在赭城之游后开始感觉不适，等我们回到马德里，他就病倒了，症状和我们都相似。最后只剩下佐登美一个人安然无恙，我们都戏称她是铁女人，她也颇为自得；没想到直等我们回到波士顿，她才一头倒下，睡了整整一天。不过这都是后话，暂且不提。

我把这一切都归罪于塞维拉艺术博物馆，进而归罪于西班牙文化天主教的一面。塞维拉是一座不容易的城市。有很长一段时间，我不能想到塞维拉而不感到一种生理的反感。在去格拉纳达的火车上，在我昏沉的头脑里，塔帕斯酒家橱窗里的野兔，盘中的章鱼，墙上悬挂的黑色牛首，耶稣鲜血淋漓的赤裸身体，似乎汇合为一幅巨大的画面，淹没了其他的一切。

在赭城的狮子园，当我按错数码相机的键钮，洗掉了所有我们在塞维拉拍摄的照片时，我不知道那在心理学分析中，是否应该解释为我想抹去塞维拉的记忆。

随着日月流逝，塞维拉却变得越来越清晰。

我的书桌上，有一块小小的"阿祖雷荷"（azulejo）——
西班牙语的"瓷砖"，来自阿拉伯语的"细石"。陶瓷生产，
是安达露西亚地区的一项传统手艺。装饰性陶瓷的烧制技
术和几何图案，还是摩尔时代留下的影响。伊斯兰文化喜
欢用瓷砖装饰建筑：从墙壁，到地板，到天顶。因为不可
以使用人物形象作为装饰，伊斯兰工匠发展出繁复悦目的
几何图案和动植物图案。基督教的工匠没有这样的限制，
因此，我们在塞维拉一家陶瓷店买到的这块十六世纪的碎
砖，上面绘着一个天使的上半身，只用了寥寥几笔，线条
煞为简洁。用心用意描画出来的是天使的双翼，颀长优美
地翻卷着，错落地涂抹宝蓝、墨翠、金黄、橘红。天使的
目光是向下的，好像在凝望下界人民的样子，脸上有一种
既天真又严肃的神情。

十六世纪瓷砖残片：
基督教天使像

　　如果塞维拉是一座失落的城市，我喜欢想象这一小块
错落不齐的瓷砖，是那座消失了的城市具体可触的一部分。
手碰到它，感到静静的凉意，给身体带来一种奇异的感觉。
然而，环绕着天使因为严肃而隐隐显得有些悲哀的面孔，
一切都是温暖与光明。宗教是纯粹的，艺术却永远是多种
因素的圆满谐调。我与塞维拉，终于达成了某种和解。

两位少女的素描

——给马希默·吉哈诺

罗拉

她在橘子树下
涤洗棉布衣服。
她有绿色的眼睛，
紫罗兰的声音。

呵，爱呀，
在开满花的橘子树下！

运河水
满载阳光向前流淌。
在小小的橄榄树林里，
一只麻雀在歌唱。

呵，爱呀，
在开满花的橘子树下！

后来，罗拉用完了
所有的肥皂，
这时候，小小的
斗牛士们来了。

呵，爱呀，
在开满花的橘子树下！

安巴罗

安巴罗，
你在家里，多么孤寂，
穿着白衣。

（一条分界线，在素馨花
和月下香之间。）

你听到庭院里
　　　　潺潺的喷泉，
你也听到金丝雀
　　　　微弱的鸣啭。

到晚上，你看见
　　　　鸟儿摇晃柏树，
你慢慢地把许多字母
　　　　绣进画布。

安巴罗，
你在家里，多么孤寂，
穿着白衣！
安巴罗，
多么难以开口，说
　　　　我爱你！

洛尔伽

插曲之五

和死亡对话

散放在场地上的镂花皮灯，投下驳落的影子。

吉他手坐在一张椅子上。歌手坐在另一张椅子上。

吉他手低头拨弄琴弦，似乎要把自己和自己的音乐都埋在隐隐约约的暗影里。歌手穿了一件白衬衫，黑色外套，两只粗大的手平放在膝盖上，久久地沉默着，突然，他扬起头，张开嘴，从他张大的嘴巴里，冲出来一个粗犷异常的声音。轻拢慢捻的吉他乐曲似乎被这突如其来的声音吓得咽住了。他简直不像是在唱歌，而是在竭力地叫喊。叫喊什么，完全听不懂，可是，观众全都给那粗砺的声音惊呆了，鸦雀无声地坐在那里，好像被催眠了一般，凝望着歌手痛苦到扭曲的面孔。

起伏突兀、嶙峋多骨的安达露西亚平原。

她还没有出来。但现场的每个人都感觉到她的存在。整个场地的空气好像一根绷得紧紧的弓弦，几乎觉察不出地微微颤动。歌手平放在膝盖上的粗大双手，每一块肌肉都蕴涵着难以言说的等待的苦痛。

她终于出来了。她骄傲，热烈，精确。像一朵白热的火焰那样在小小的舞台上燃烧着，几乎泼溅到围坐成半圆的观众当中了。我想到斗牛士：他和弗乐明柯舞女遵守的是同样的原则。都是用优雅娴熟的仪式和技巧加以控制的力。

那天晚上，在吉拉若达钟楼下弯曲的巷子里，我们迷路了，怎样也找不到弗乐明柯的表演场地。黑暗中，一个四五十岁的英国女人突然出现在一条窄街的拐角处，一边尾随我们，一边讲述了一个令人难以置信的故事，关于她如何来塞维拉访友而友人不在，她身边带的现钱花完了，她的友人要到后天才会回来，她听到我们讲英语，好像他乡遇故知，希望随便给她一些零钱买一个三明治，等等。她看上去的确不像乞丐，只是一个温和体面的中年妇人。我们摸出一些零钱递给她，简直感觉不好意思。她倒大方地道谢，转身离开了。我偶尔回头望望，她已经消失在黑暗中。一切都怪异而不真实。

我们穿过一条又一条小巷：电鳗一样弯曲，蛛丝一样闪着微细的银光。抬头看看，两边密密排列着临街的房子，黑铁栏杆的门沉沉地关着。偶尔在小店铺半开的门旁站着三两个人，面孔半明半暗地藏在黑影中。每条巷子都和下一条巷子十分相似，连天空也是寒冷狭窄的一条。

不知怎么一来，我们已经到了。散放在场地上的镂花皮灯，投下驳落的影子。

吉他手坐在一张椅子上。歌手坐在另一张椅子上。

塞维拉的巷子

我知道在夜色深处，
舞蹈就要开始，
弗乐明柯的火蛇就快要点燃，
在这座城市黑暗的中心。

黑暗层层剥落，好像一棵
重重叠叠的洋蓟，逐一卸下青铜矛头。
快些走，快些，再快些走——
舞者已经举起娇小的右手——
为什么总是有
这种迟到的感觉？

深巷呼应深巷，叫卖沉船的星座。
光挣扎着，尾随渐渐死去的足音。
我们再不会相逢。
我们再不会相逢。

突然站住：绝对的寂静。
就在不远某处，火焰旋转不停。
我们在黑暗里驻足，迟疑不定，
好似两个联合在一起的秘密，没有光来泄漏，
没有神来打听。

十四世纪西班牙地图

这是 1375 年一位犹太地图家绘制的西班牙海岸地图。我们可以看到一面写有阿拉伯文字的小小旗帜，飘扬在格拉纳达。

七　赭城

　　格拉纳达，意即"石榴"。它是摩尔人在西班牙将近八百年的统治所留下的最美丽、最成熟的果实。格拉纳达是我们这次旅行的最后一站。以前的城市，柯尔多巴，塞维拉，似乎都是为格拉纳达，为赭城，所做的准备。

　　背后是冰雪皑皑的内华达山脉，下临格拉纳达的城池，被迤逦的城墙和塔楼围绕，赭城错落分布在起伏的山丘上。1231年，穆罕默德一世创立了纳斯瑞德王朝；他的儿子，穆罕默德二世，开始进行阿尔罕布拉外墙的修建。建筑材料动用了红泥和石头，不仅非常坚固，而且呈现出赭红色，据说因此被称为"赭城"。从此以后，赭城逐年增修，它的很多主要建筑一般认为直到穆罕默德五世（1354—1359，1362—1391）在位期间才宣告完成。

　　赭城是富有欺骗性的。正如华盛顿·欧文所感叹的那样，从它嵯峨的、有些人甚至会觉得过于简朴的外表，根本无法想象，里面是如何地优雅：花木芬芳，水波晶莹，潋滟的光与闪烁的影交织出一个短暂虚幻的乐园。一位十九世纪的旅游者写道："赭城严峻、单纯、几乎令人敬而

赭城远景

"从它嵯峨的、有些人甚至会觉得过于简朴的外表，根本无法想象，里面是如何地优雅。"

远之的外观，决不透露里面的辉煌灿烂；但是，只消打开一扇门，就好像被仙女的魔杖轻轻点了一下似的，会立刻置身于一座人间天堂。"[1]

就连赭城外观的坚固，它的城楼与堡垒所显示出来的磅礴力量，也和建造它的王朝不相吻合。从创立伊始，纳斯瑞德王朝就充满了不稳定的因素。从 1246 年起，他们开始向北方的天主教国王菲迪南三世（Ferdinand III）缴纳岁贡，借此维持脆弱的和平。虽然如此，当柯尔多巴、塞维拉相继落入基督教君王之手，凭借灵活机动的外交政策和运气，格拉纳达依然在风雨飘摇中坚持了两个多世纪。从 1237 年到 1492 年，它一直是纳斯瑞德王朝的都城。

赭城一共有二十三座城堡，因此，它给人留下的印象，仿佛是一座旨在防御的军事堡垒；但实际上很多城堡的内在设计都并不适合于驻军，而似乎主要考虑的是舒适和美观。由于缺乏详细的文字记载和描述，赭城的绝大多数宫殿，厅堂，廊庑，其具体用处究竟何在，建筑学家，考古学家，史学家，至今仍然众说纷纭。考古发掘直到今天，仍然就连这座保存修复得相当完好的宫廷建筑群的厨房究竟位于何处，都没有能够弄清楚。赭城内的宫室虽然都有题名，但正如曾经执教哈佛大学的艺术史专家俄里格·格拉巴（Oleg Graba）所说，这些名字或者是描述性的，比如"狮子园""长春藤院"，或者具有浪漫传说性质，比如

1　转引自迈克尔·雅各布斯（Michael Jacobs）文，弗兰西斯科·菲南得斯（Francisco Fernandes）摄影：《阿尔罕布拉》（*Alhambra*, New York: Rizzoli International Publications, 2000），第 74 页。

窃取赭城

法国艺术家古斯塔夫·多瑞（1832—1883）这幅充满幽默感的素描，作于1874年。画中，一个游客正在鬼鬼祟祟地挖取赭城宫殿墙壁上的瓷砖。旁边的女人紧张地四处观看。

"战俘塔""公主塔"，因此，都不能准确地反映出这些殿堂庭院的实际用途。在它光明敞亮的表面下，赭城充满了谜团。

然而，说是没有文字记载，也并不确切。赭城之内，处处镌刻着诗人政治家伊贲·阿尔卡第伯（Ibn al-Khatib，1313—1375）和伊贲·赞拉克（Ibn Zamrak，1333—1392）的诗句，歌颂君王的业绩、赭城的美丽。这些诗句总是安排在视线所及的范围之内，因此我们知道，它们不仅仅是为了装饰，而且旨在供人阅读。后世治艺术史、建筑史的学者，总是希望从这些诗句中，找到一些有关赭城的线索，但是，那些诗句的模糊性，却总是增加了赭城的神秘。

纳斯瑞德王朝的君主，往往卷入宫廷密谋与政变。后人怀疑，赭城中的幽径与回廊，与其说反映了摩尔君王的审美取向，还不如说是为了防备刺客与谋杀。在赭城中，从 A 点到 B 点，从没有一条直接的路线。若想进入宫殿深处，在途中至少会碰到一面墙壁阻住去路，必须绕一个圈子，弯过一个拐角，或者穿过一条走廊。无怪后来的欧美建筑学家常常对赭城感到困惑：它既不讲求整体的对称，也缺乏中心视点，更不考虑沟通与交流。第一次进入赭城的游客，往往不知道自己置身何处，因为有那么多的通道，曲径，拐角，门户。视线被阻隔，被牵引，被迷惑。一切都在回避，隐藏，包容，延宕；一切都在揭示，呈现，给人惊喜，无限延伸。

也许，最使赭城显得迷离惝恍的，是那些自十七世纪以来围绕赭城产生的诗文，是它们把赭城变成了好似六朝古都金陵那样令人发生思古之幽情的文学胜地。尤其是十九世纪的浪漫主义作家，他们览胜好奇，发掘和发明了有关赭城的种种传说，对统治格拉纳达的摩尔王朝加以毫无保留的美化，使它成为富于异国情调的浪漫传奇。这些艺术家包括德莱顿，夏多布里昂，雨果，拜伦，华盛顿·欧文，戈蒂埃，安徒生，莫扎特，还有从未亲自到过赭城、却为"酒门"（La Puerta Del Vino）谱写过一支乐曲的德彪西。只有当穆斯林文化不再成为威胁、成为逐渐遥远的过去的时候，才能允许怀旧情绪的出现。

迈克尔·雅各布斯（Michael Jacobs）在《阿尔罕布拉》（Alhambra）中写道："两个（在北非和近东）怀有最大殖民主义野心的国家，英国和法国，产生了大多数和东

赭城的酒门

德彪西从未到过赭城，却为酒门谱写过一支乐曲。

方主义紧密联系在一起的前卫欧洲艺术家和作家，也许不是偶然的。"[1] 在这里，我却感到为所谓的"东方主义"辩护的需要。把遥远的他乡浪漫化和理想化是人类的共同倾向。如果欧美作家抱有"东方主义"，那么，东方作家和艺术家对所谓的"西方"所抱有的"西方主义"一点都不相形见绌。我想到意大利作家艾柯（Umberto Eco）在小说《鲍多雷诺》（*Baudolino*）中描写的情景：

当他们[2] 好不容易才来到据说是约翰大主教之子统治的国度，他们所寻觅的东方极乐世界的外围，他们发现那里的人对他们所来自的"西方"充满同样夸诞的想象：树上长出金色的面包果，教堂的椽子用的是塞浦路斯的檀香木……[3]

归根结底，是外国艺术家创造了赭城的不朽形象。[4] 没有"东方主义"，多少优美的文学和艺术作品根本不可能产生。归根结底，只有闭起眼睛不肯再睁开来才是有害的，而我们也总是在按照心目中的桃源世界改变我们的现实。归根结底，对一个文化的真正了解，最初总是源于误解，源于恋慕，源于想象，源于对神秘未知感到的吸引和

1　迈克尔·雅各布斯，《阿尔罕布拉》，第 160 页。
2　按，鲍多雷诺和他的旅伴们。
3　宇文秋水：《对镜：赋得艾柯近作〈鲍多雷诺〉》，《书城》2003 年 1 月号。
4　法国画家戈蒂埃曾经在王后梳妆楼上观看日落，他奇怪为什么西班牙画家面对这样的壮丽景象无动于衷，却偏要把他们的画面设计得十分暗淡。迈克尔·雅各布斯，《阿尔罕布拉》，第 166 页。

对差异的探求。这和爱上一个人没有什么不同：只是有些爱随着了解而渐渐地消失了，有些爱却随着了解而加深了。[1] 慢慢地，在逐步进行的阅读当中，体现于赭城的中世纪伊斯兰文化，或者，更准确地说，在西班牙南部发展和形成的安达露西亚文化，失去了它的神秘性质，但是，它的差异——与远东文化以及欧美基督教文化的差异，却更加清晰地呈现出来，而且充满经久不息的魅力。

> 赭城！赭城！一个被众多精灵
> 镀上黄金的梦，充满了婉妙的和谐；
> 　　圮毁的堡垒，在静谧的午夜，
> 　　还有回荡着魔音的雉堞……
> 　　　　穿过一千座阿拉伯拱门的月光
> 　　　　正用白色的三叶草装饰女墙。

　　　　　　　　　　——选自雨果《东方集》

1　在华盛顿·欧文访问赭城并写下他的浪漫游记之后不久，欧文·琼斯（Owen Jones），威尔士裔建筑学家，就与研究阿拉伯文化的学者儒尔斯·古瑞（Jules Goury）合作，完成了一部对后代产生了深远影响的著作：《赭城平面图、立视图、剖面图以及细部研究》（*Plans, Elevations, Sections, and Details of the Alhambra*, 1836-1845）。他的下一部著作《装饰的法则》（*The Grammar of Ornament*, 1856）谈到赭城的几何形装饰图案，不仅对工业设计功效卓著，而且影响了二十世纪抽象派绘画。的确，西班牙的桂冠诗人荷西·左瑞拉（José Zorrilla）是在赭城的狮子园里"加冕"的（1889），而他在诗集《格拉纳达》（*Granada*, 1852）的前言中，甚至表示希望西班牙学校把阿拉伯语当成一门必修课；不过，西班牙本土文学和艺术对赭城的描绘程度，是远远"落后"于英国、法国、意大利和美国的。当然了，从赭城窃取瓷砖的，也是外国游客，其中包括英国人在内。可见敦煌盗宝乃无独有偶，中国不是唯一遭劫的。

欧文在赭城盘桓了数月之
久，这是他住过的地方。
今天，没有人再能享有住
在赭城的奢侈了。这让人
情不自禁怀念过去，古迹
还没有被铁栏杆圈起来的
时代。

这些对于现代人来说恐怕显得过于浪漫和柔脆的诗
句，来自诗人被夏多布里昂的历史小说所激发的灵感。雨
果终生没有去过赭城。

1829 年，华盛顿·欧文在一个俄国使馆的朋友陪同下，
从塞维拉来到格拉纳达，在赭城盘桓了数月之久。他后来
写下的《大食故宫纪闻》(*Tales of the Alhambra*)，糅合了
作者在赭城的经历纪实和种种关于摩尔人的浪漫传奇。作
者优美流畅的文笔，怀古感旧的态度，对摩尔王朝的无限
同情，使这部书受到读者热烈的欢迎，而赭城也一时成为

十九世纪浪漫主义作家的圣地。二十世纪初期，林纾、魏易曾把它合译为中文，题为《大食故宫余载》，于1907年出版发行。[1]

时至今日，赭城早已不像华盛顿·欧文来访的时候那样岑寂，而成为被西班牙政府刻意保护起来的名胜古迹，每年接待数以万计的世界游人。比如御花园的某些部分就正在修葺，我们无法进入；即使在开放的部分，也会看到园丁在灌溉草木。一方面，我庆幸赭城得到如此精心的照料；另一方面，也不能不感到轻微的遗憾，因为赭城似乎失去了一些它在华盛顿·欧文时代所具有的自然魅力。当我们开始保存一处古迹的时候，它也就变得疏远了。

同时，我们发现，在十二月份来访是一个明智的决定，旅馆的服务人员告诉我们，如果是夏天的旅游旺季，我们都不一定能够买得到次日的门票，因为赭城每天只接纳数目有限的访客，往往早就被旅游社、旅游团体订满了。冬天游人大为稀少，虽然不能说空无一人，还是会不时产生一种幻觉，似乎赭城在这一天，竟可以为我们所独有，就好像昔日的苏丹那样，毫无阻隔地享受赭城孤寂的美丽。

1　据说1949年之后又有新译本问世，题为《阿尔罕伯拉》，但至今尚未找到。林、魏二人的译文，哈佛燕京图书馆藏有上海商务印书馆1915年第三版在"说部丛书"二集中的重印。翻阅一过，全部是文言文，虽然时有省略、误译，也间或看出熟极而流的文言缺乏能力精确传达作品原意，但也自有一种从容优雅的魅力，是很多现代散文所缺少的。

华盛顿·欧文《大食故宫纪闻》之一

赭城故宫

历史和诗,在浪漫的西班牙春秋中不可分割地纠结在一起,倘若一位旅客对此有所感触,那么赭城自然会成为他心目中的圣地,这就和所有真正的穆斯林都会向往麦加同一道理。多少美丽的传说,多少诗歌和谣曲,有阿拉伯文,也有西班牙语,吟咏爱情、战争和骑士的光荣,都和这座圮废的东方旧殿紧密相关。它曾经是摩尔君王的皇宫。在这里,他们置身于亚细亚的锦绣之中。统治着被他们称许为人间天堂的国土,守护着他们在西班牙的最后一处领地。皇宫只不过是整个城堡的一部分,因为赭城位于内华达雪山半腰,点缀着许多的塔楼。它们依山脉之走势而建立,迤逦宛转,俯临下面的城池。从外表看来,它是塔楼和堡垒的不规则集合,既没有规划,又缺少建筑美,让人根本瞧不出它内在的优雅和谐。

在摩尔人的时代,赭城外围可容纳一支四万人的军队,当王国内部发生叛乱的时候,它也曾是回王据以固守的要塞。后来,西班牙北部的基督教君主征服了格拉纳达,赭城仍被视为皇家行宫。查理五世开始在此建造一座壮丽的宫殿,只因地震不断,半途而废。最后驻跸赭城的,是十八世纪初期的菲利浦五世和他美丽的王后,帕尔玛的伊丽萨贝塔。当时为迎接他们,曾经大兴土木,不仅修葺了宫殿和花园,还筑起了新殿,并特地从意大利请来能工巧匠进行装饰。可惜国王与王后只稍事停留就离开了，宫殿再次荒芜。但赭城依然是帅府的驻地，军帅直接听命于国王，其治理范围延伸到格拉纳达的城郊，不受格拉纳达总督的管辖。赭城驻扎着相当一部分戍兵。军帅的居处就在摩尔人的旧宫之前，他每次下山进入格拉纳达，都好比举行一场盛大的阅兵式。就这样，赭城变得好像一个独立的小镇，城墙之内，有数条街道，两旁房屋林立，还有一座弗朗西斯科修道院和一座本区教堂。

不过，王辇不至，对赭城来说是致命一击。华堂玉殿荒芜了，或竟化为废墟；花园圮毁，喷泉干涸。渐渐地，这里成为不法之徒的栖息地，赭城的自治被用来掩护种种偷盗和走私行为，他们在此觊觎山下的格拉纳达城。政府终于以强力进行干预：整个社区被清洗一过，除诚实本分的合法居民之外，闲杂人等不许逗留。房屋大半夷为平地，惟有两座教堂萧然独存。在近年的西法战争中，格拉纳达曾落入法国人之手，赭城也驻扎了法国军队，其元戎时宿旧宫。法兰西人在征服各国时往往显示出他们的风雅口味，于是，这座展现了摩尔人的优雅豪华的宫殿获救了：法军修缮了屋顶，使厅堂廊阁不至遭到风吹雨淋，在御园里栽培了花木，恢复了泉道，喷泉重新晶莹四溅。西班牙也许倒还要感谢她的侵略者，保存了她的历史纪念碑中最美、最有趣味的一座。

法国人在离开之前，炸掉了外城数座塔楼，使赭城的军事防御力大为减低，这一据点的战略意义也就从此

狮子殿天顶上的壁画。这幅天顶壁画作于十四世纪后期，表现了十位纳斯瑞德王朝的君王。纳斯瑞德王朝的创始者，被诗人伊贲·赞拉克描述为："在战争中好像狮子一样英勇，在和平时代，他的慷慨好像滋润了干涸大地的清泉。"《满月之光》的作者伊贲·阿尔卡第伯则称其不识字，总是穿着粗陋的衣服，祖辈都是农夫。不过，这些描述并不互相矛盾就是了。

消失了。如今驻守赭城的，不过几个老兵弱卒，他们的主要责任是看守余存的外城塔楼，这些塔楼不时备国家监狱之需。军帅也已搬到格拉纳达市中心居住了，因为在那里，据说处理庶务更方便些。

我们到达的次日清早，第一个目标就是访问赭城遗址，不过，既然已有众多旅人对它详加描述，我就不再浪费笔墨，对它进行全面介绍，只就城中数处，以及相关的轶事，作一番素描……

以上，是从华盛顿·欧文的著作《大食故宫纪闻》摘选的章节。下面，我也将"只就城中数处"，为读者作一番介绍和导游。

1 正义门

Puerta de la Justicia ｜ Gate of Justice

　　建于 1348 年的正义门，是赭城最著名的大门。如果不是有近年新建的入口处，我们大概会像十九世纪的来访者那样，从这里进入赭城。

　　关于正义门名字的来源，众说纷纭。有人认为，这里是当年的行刑之地；也有人说，驻军在这里把守进入赭城的要道；也有人说，门外曾经是庆祝宗教节日的所在。

　　正义门的外层拱顶上镌刻着一只伸出的手掌，内层拱顶上则镌刻着一枚钥匙。这两个神秘的符号再次激起了人们的好奇心。有人说手掌是幸运或者和平的象征，有人说它代表了伊斯兰的五种基本信念（相信安拉是唯一的真主，穆罕默德是他的使者；祈祷；施舍；斋戒；去麦加朝圣）。至于那枚钥匙，它在很多格拉纳达的城门上都曾出现，有人相信它是纳斯瑞德家族的徽章。不过，说它象征了城池的出入，似乎更为合理一些。戈蒂埃（Théophile Gautier）记载过当地人的迷信说法：除非手能够抓住钥匙，格拉纳达永远不会陷落。华盛顿·欧文说：

　　手和钥匙富有魔力，它们决定了赭城的命运。最早建立赭城的摩尔国王是一个魔法师，也有人说他把灵魂出卖给了魔鬼，因此，整个赭城都在他的魔咒控制下。为此赭城这么多年来一直都巍然屹立，而其他的摩尔宫殿却早已化为废墟。这一魔咒的力量，将一直持续到门

正义门：十九世纪素描
"如果不是有近年新建的
入口处，我们大概会像
十九世纪的来访者那样，
从这里进入赭城。"

上的手抓住那枚钥匙，然后整座城池就会轰然倒塌，而
摩尔人的宝藏就会暴露于光天化日之下。

　　摩尔人珍藏在深谷中的金银珠宝，还有那看守它们的、
阴郁高大的穆斯林骑士，是很多传说热衷的题材。然而，
是纳斯瑞德王朝留在地面上的珍宝，赭城，吸引了我们的
眼睛。

2　金庭

Cuarto Dorado ｜ Golden Court

五扇窗子，两扇神秘的门。

小小的，金色的院落。好像一张静静飘落的金页子，已经有些剥蚀，因为经过了很多夏夜的暴风雨，甚至一度被当成羊圈。

它是一个过程，连接起一个地方和另一个地方。

墙壁上，镌刻着伊贲·赞拉克的诗句：

道路在此一分为二，

西方的魅力吸引了东方。

这两句诗，我看到过两种不同的英文翻译。译文其一作："道路在此一分为二，／西方以为自己是东方。"译文其二作："道路在此一分为二，／东方也要羡慕西方。"

在英文中，或者拉丁文中，"翻译"（translation）的古义是把圣物从一处庙宇迁移到另一处庙宇，新的庙宇要等到圣物到达以后才成为圣地。现在，我们有两处"新的庙宇"，但是我们却不知道圣物落于何处：就好像面对两扇一模一样的门，我们不知道哪一扇门会把我们带到想去的地方。

然而，无论在哪一种译文里，诗人都显然是在歌颂金庭：相对于穆斯林帝国的圣城巴格达来说，安达露西亚位于西方，安达露西亚的诗人和艺术家总是把巴格达视为文化发达的所在，灵感与时尚的源泉；现在，赞拉克却告诉

金庭素描

英国画家约翰·弗雷德里克·路易斯（John Frederick Lewis，1805—1876）作于1833年。我们可以从中看到当时赭城废毁残破的情形。

我们：赭城之美竟然使巴格达也感到了嫉妒。

一扇门，重新把我们带回外面的院落；另一扇门，在经过暗淡狭窄的通道之后，豁然开朗，我们面对面地遭逢了光明的长春藤院：琉璃镜一般的长方水池倒映出巍峨的科玛利斯堡（Palacio de Comares），金鱼的红鳞闪烁在荡漾的水影中。

金庭

长春藤院之一

"长春藤院，就好像很多伊斯兰建筑那样，是被一方池水统治的空间。"

3　长春藤院

Patio de los Arrayanes　|　Court of the Myrtles

长春藤院，就好像很多伊斯兰建筑那样，是被一方池水统治的空间。它的主体，不是周遭好似新鲜亚麻一样的白垩墙壁和镶嵌着蕾丝花边的拱门，而是峨然屹立其后的科玛利斯堡在方池中的投影。一座雄伟坚实的城堡，就这样被晶莹闪烁的水波化为虚幻的影像。从最园吹来带着素馨与玫瑰香味的微风，还有游弋水中的红鱼，不时扰动它的静谧，使它好似一匹吹皱的罗绮，或者，索性碎成许多个细小的涟漪。

纳斯瑞德王朝的过去，就好像这座城堡的倒影吧：无论人们怎样试图重新构筑它，它却总是随着一阵微风，一尾不经意改变了航向的鱼儿，消失于无数精美繁复的细节之中。

长春藤院四周的壁廊，涂抹着苍白的灰泥，挖出一个一个的泥金拱门，好像许多个小小的手掌的影子，关爱地覆盖在墙上，局部细节的繁复和整体结构的简净，用色的单纯，成为引人注目的对比。它谦卑，朴素，因为只是一个背景，在这一背景上，衣装鲜艳的宫廷妇女们或坐或立，低声交谈，黑须侍卫的佩刀柄在太阳底下闪烁银光，仿佛内华达雪山的碎片。

建筑是重要的，但是它所容纳和界定的空间更重要：裙裾拖过的地面，含义模糊的手势，双层面纱掩藏下的偷窥，散落的珠颗。

长春藤院之二
"一座雄伟坚实的城堡，就这样被晶莹闪烁的水波化为虚幻的影像。"

伊贲·阿尔卡第伯这样描述格拉纳达的妇女：

她们美丽，丰满，身材优美，头发浓密蓬松，牙齿洁白清爽，呼吸散发出幽香，举止闲冶，言谈既慎重，又文雅。她们唯一的弱点，是身材不甚高挑，而且过分溺爱珠宝，化妆品，金银丝绣与锦缎，以及时髦的穿着。

——《满月之光：格拉纳达纪事》

下面是一首流行于十五世纪的著名西班牙谣曲，它刻画了一个摩尔少女的不幸经历。虽然这首歌谣采取的语言是西班牙语而不是阿拉伯语，我们却可以看出歌者与听众的同情心是在哪一边的。在这里，基督徒的形象并不美好：他既然自称是少女的叔父玛斯武德而骗取了她的信任，可见她的确有一个叔叔叫这个名字，也就更说明他的行为经过了冷血的预谋。

摩莱伊玛[1]

"我是摩莱伊玛，
摩尔人的女儿。
一个基督徒在楼下，
大声敲打我家的门，
他讲了一口流利的阿拉伯语，
装成我们自己人。
'来开门哪，摩莱伊玛，
真主保佑你的平安！'
'可我不知道你是谁，
我不能够给你开门。'
'我是一个摩尔人，是你的叔父，
你的叔父玛斯武德，
我杀死了一个基督徒，

---

1 《西班牙谣曲集》，第 111 页。

他们要捉拿我，给他报仇，
要是你不放我进来，
我就会有性命之忧。'
我听他这么讲，
立刻走出了我的闺房，
在身上裹了一件披肩，
连长袍都来不及穿上，
我就这样跑到门口。
——不幸的我！就这样
打开了家里的大门！"

长春藤院之三
"长春藤院四周的壁廊，
涂抹着苍白的灰泥。"

4 使节堂

Salón de los Embajadores ｜ Hall of the Ambassadors

要想进入长春藤院北面的科玛利斯堡，首先必须穿过
Sala de la Barca。Barca，有人说是阿拉伯语"祝福"（baraka）
的变形，但它在西班牙语里是"船"的意思，于是，也就有
人在它的木制拱顶看出了船舱的影子。我姑且把它译为舫舟
轩，因为它是引渡访客的前厅，或者，有诗为证：

> 这是一座清澈透明的
>
> > 水晶宫殿，
>
> 看到它的人，都以为自己
>
> 置身于无边的海洋。

——引自伊贲·赞拉克的颂诗

舫舟轩的拱门悬垂着穆卡那，伊斯兰建筑镶嵌在拱门
或穹窿上的一种蜂窝形装饰，造成参差错落、令人目眩的立
体效果；在姊妹宫和名臣殿，我们会看到更为著名的范例。

使节堂，赭城最宽敞恢宏的殿堂，人们相信它是赭城
王宫的正殿，苏丹在这里会见大臣，接待来访的使节。它
的华美并不因为年长日久而黯然褪色，岁月的流逝反而增
加了它堂皇肃穆的美，就好似有些人，并不因为上了年纪
而显得衰迈，相反，与他们的青年时代相比，只会因为饱
经风霜而具有成熟的魅力。

没有什么，是比时间更伟大的力量。这种力量是无形

使节堂落地壁龛素描

法国艺术家吉罗·德·普朗节（Girault de Prangey，1804—1892）作于1837年。

的，因此也就无所不在。那身心倦怠的，它给予仁慈的休息；那尚未成型的，它赋予形状。

使节堂的穹窿，镶嵌着八千零十八片木饰，象征了宇宙天庭的运转。苏丹的御座，相信就设在北面正中央的壁龛，直接面对殿门。

除了入口方向之外，使节堂的三面墙壁各有三座壁龛，更准确地说，它们好似一扇扇巨大的落地窗，由于科玛利斯堡从丘陵上拔地而起，它们下临深谷，不但可以从此远眺安达露西亚平原，也可观赏苍翠山色，峰顶积雪明烛天庭。华盛顿·欧文曾经在这里发思古之幽情，遥想当年摩尔君王如何从科玛利斯堡望见基督教军队的铁骑。从一幅十九世纪的彩色版画看起来，这些落地长窗在当时直接向外开放，没有任何形式的屏障。后世增加了数根铁栏，现在更有木栅遮住了整扇长窗，也遮住了欧文在《大食故宫纪闻》中感叹唏嘘过的景致。

也许最初便有木栅，年深月久朽烂了，否则，很难想象这座殿堂如此悬空而起，毫无遮拦防护。然而，那毫无遮拦的情景不知为何具有一种诱惑力，也许是因为近在咫尺的深谷给人造成的晕眩。墙上挖出的壁龛本来就已经增加了大堂的纵深，假使它们是开放的，那么，就好像光线柔和暗淡的殿堂一直延伸进了外面的广大空间。

使节堂的三面墙壁，除了这些镶嵌着瓷砖、灰墁雕花、诗句和《古兰经》引文的壁龛之外，各有五扇窗子。随着日月运转，洒在流苏座垫上的光线也会不断更改方向，映亮不同的刺绣花朵，不同的枝叶，不同的手，不同的袖口与头发。

使节堂的窗子与天顶

5 狮子园

Patio de los Leones ｜ Court of the Lions

可怜的、忠勇的狮子们，背负着一座石盘和水花四溅的喷泉，哪里知道它们曾经被批评得不像样子。华盛顿·欧文说："这些狮子刻工拙劣，很配不上它们的名声，恐怕是出自什么基督教战俘之手吧。"戈蒂埃说，没有什么比这些所谓的狮子更不像狮子的了，"它们的眼睛画得这么原始，好像小孩子不成形状的涂鸦。"[1]有的学者甚至认为，虽然狮子园是十四世纪建造的，狮子们本是十一世纪的产物，是当年的犹太首相旧邸遗留下来的雕塑，因为同时代的一位犹太诗人曾在一首诗中描述过狮子、石盘与喷泉。问题是口吐泉水的狮子恐怕存在着很多，彼狮未必就是此狮。"十一世纪的狮子"无疑反映了一种相当常见的"艺术进化论"看法，虽然"原始风格"可以存在于艺术史上的任何时期。

在十九世纪人眼里显得笨拙的东西，在另外一个世纪的人看来，未必不可以视为大气磅礴。我们也许可以说它们是"古拙"——虽然"古拙"永远是产生在"之后"的审美标准，是只有生活在文缛时代的"后人"才能欣赏的审美标准。倘若狮子太"像"狮子，也许反而会破坏狮子园精致的宁静。格拉纳达的摩尔人，离他们的非洲祖先已

1　转引自迈尔斯·丹比（Miles Danby）著：《精致的火焰：西班牙和葡萄牙的东方建筑》（*The Fires of Excellence: Spanish and Portuguese Oriental Architecture*，Reading: Garnet Publishing, 1997），第124页。

狮子林

"喷泉被引入室内的空间，模糊了内与外的界限；建筑倒影于水中，造成虚实相映的幻象……东西两阁子里的潺潺水声和洁白石柱的细长黑影，令人产生置身于林中溪畔的幻觉。"

经隔了一段遥远的距离，无论从时间，从空间，还是从文化来说。

不过，尽管毁誉参半，狮子们想必已经知道自己的重要性了：我们看到的狮子，据说不是真的。经历了几个世纪的风吹日晒，特别是酸性雨水的侵蚀，真的狮子们已经被运到博物馆里加以保护和修缮了。

石盘里镌刻着赞拉克的诗句，也已不可得见，因为游人不能走到哪怕是假狮子们的近前。著名的狮子园，很多情形都已经改变了，比起那些改变来，狮子的调包计可以说是最微不足道的。

现在洒了很多碎石粒的狮子园，曾经种满花木，而且，这些花木低于地平线，一方面不至于遮挡住狮子雕像，一方面也会造成绿毯铺地的印象。从狮泉分流的四条泉道，分别连接起狮子园的四面建筑，使狮子园成为《古兰经》里所讲述的流淌着四条河流的天上乐园。

四条泉道所幸仍在，一百二十四根洁白的大理石柱也安然无恙。固然不必像二十世纪初疯癫的意大利人阿密奇斯（Amicis）那样几乎晕倒在狮子园里："啊，石柱的森林……极大的丰富……镶着花边的阁子……细节的任性搭配……令人情怀撩乱的优雅，奢华，呓语，富于想象力的孩童的幻想，天使的梦，一种疯狂，一种叫不上名字的什么……"[1]

但是，也未必就如毫无风雅的澳大利亚人尼那·默多

---

[1] 迈克尔·雅各布斯，《阿尔罕布拉》，第172页。

克（Nina Murdoch）所说："显得拥挤，缺乏魅力，一百廿四根柱子，拱门，镶瓦的阁子，一座大喷泉，八座小喷泉，十二只好笑的狮子！"[1]

仿佛从卡通片里走出来的狮子仍然是好笑的，惟其好笑，令人觉得可亲。"石柱的森林"却并不让人感到拥挤，因为它的三三两两的组合，原本安排得十分巧妙，而且，延伸到阁子里面的喷泉和水道，造成内外相通的效果，模糊了室内与室外的界限，也增加了整个狮子园的纵深感。东西两阁子里的潺潺水声和洁白石柱的细长黑影，令人产生置身于林中溪畔的幻觉。

不数武外，想象的狮子，复制的狮子，静静地站着，它们不觉得自己和"真的"狮子有任何区别。

1　同上，第110页。

所安写道：

狮子园里一个难得的时刻：只有一个游客半藏在石柱后面。十二月是来赭城的好时候，虽然这里的植物让人看不出是十二月来。空气凛冽，但是不寒冷。我们得知狮子是冒充的。要是他们不说，我们根本不会猜出这些狮子不是原物，哪怕我们可以走近细瞧，也很难在一样以前从未见过的大理石雕塑和它的复制品之间发现任何区别。游客在回廊里绕着圈子看狮子，狮子从所有的方向回看游客。就算狮子对某一游客非常不满，也无能为力，因为它们承担着沉重的责任：肩负一座大理石喷泉。

赭城最显著的特色之一，是流动的水与坚实的建筑的结合。喷泉被引入室内的空间，模糊了内与外的界限；建筑倒影于水中，造成虚实相映的幻象。刻在喷泉石盘上的伊贲·赞拉克诗句值得一提。他在诗中写道：

流动的泉水仿佛凝固的物质，
　　使人怀疑它是否真的是液体；
水溢出石盘，长长的水道
　　成为永久的纪念碑……

引用艺术史家格拉巴的话："水被象征性地视为凝固的物质，帮助塑造了一座纪念碑，至少给人一种坚固的纪念物的幻觉。换句话说，水成为一件艺术品，或者造成艺

术品的物质基础。"[1]　　　　　　　　　　　　　　狮子园里一个难得的时刻

　　如果伊赍·赞拉克的诗句是对穆罕默德五世的歌颂，则赭城本身是整个纳斯瑞德王朝的纪念碑。这座纪念碑的灵魂是水：流动的水，水中的倒影，水面上不断变幻的光。

1　俄里格·格拉巴著：《阿尔罕布拉》（ The Alhambra, Cambridge: Harvard
　　University Press, 1978 ），第 127 页。

6 名臣殿

Sala de los Abencerrajes ｜ Hall of the Abencerrages

对于不熟悉赭城的读者来说，似乎没有必要在幻象建立之前就把它打碎。我们姑且相信，仍然可以在殿堂中央的喷泉里看到红褐色的血迹，而不是铁元素氧化留下的锈斑；到了午夜，仍然可以在狮子园听到冤魂的叹息，而不是风声与水音。

这座位于狮子园南面的殿堂的得名，据说是为因穆罕默德九世在这里处死了摩尔贵族伊贲色拉吉（Abencerrages）的家族成员。也有人说，处死他们的是纳斯瑞德王朝的末代君主波亚博第王（Boabdil）。伊贲色拉吉家族的故事，早在十六世纪就已流传得很广，1593 年贝瑞兹·德·希塔（Perez de Hita）的上下两卷《格拉纳达内战演义》（*Guerras Civiles de Granada*），一部记述了基督教统治下的穆斯林在十六世纪末期再度起义的野史，绘声绘色地描写了伊贲色拉吉家族的一员与波亚博第王的未婚妻佐拉伊达（Zoraida）的秘密恋爱史。据说这两位情侣，当年曾在墨园的玫瑰丛后面约会来着。这样看来，波亚博第王似乎比他的祖先有更充足的理由斩掉伊贲色拉吉家族成员的头颅。

著名英国文人约翰·德莱顿（John Dryden）在他1672 年所作的古典悲剧《征服格拉纳达》（*The Conquest of Granada*）里描述了同样的故事，虽然换掉了男女主人公的名字。但是，人们似乎对佐拉伊达的名字情有独钟，文学作品里的摩尔女子往往被赋予一个以"佐"开头的名

名臣殿素描

英国画家大卫·罗伯茨作于 1830 年代。他夸张了名臣殿的比例，使之看起来几乎好像一座巍峨高峻的哥特式教堂。

字。华盛顿·欧文索性把他笔下的三位摩尔公主，一一命名为佐伊达（Zayda），佐拉伊达（Zorayda）和佐拉哈伊达（Zorahayda）。十七岁的莫扎特曾经作过一部歌剧，就取材于格拉纳达宫廷的密谋、叛乱与流血，里面女主人公的名字，也即歌剧的名字，正是佐伊达（Zaide）。

伊贲色拉吉的故事并未结束。夏多布里昂1827年的小说《最后的伊贲色拉吉》甫一出版就成为畅销书，更加煽动了人们对赭城的热情。有意思的是，在这部典型浪漫主义的著作里，生长在突尼斯的摩尔流亡者中间，身为伊贲色拉吉家族后裔的男主角，对赭城、格拉纳达和自己家史的了解，全部来自传奇歌谣。他回到赭城，是出于怀旧，是为了寻根，但是他的"根"完全来自文学想象。一个小说角色，诞生于另一个小说角色：他重复了他的文学父亲的经历，再次爱上了一个基督教女郎，并再次落得悲剧性的结局。

"看来，你经历的只是记忆之旅！"听觉敏锐的大汗，每次觉察到马可的感叹，都会从吊床里坐起身来。"你去那么远的地方，"他说，"只是为了摆脱怀旧的负担！"又说："你带了满船的悔恨回来！"

——卡尔维诺《看不见的城市》

名臣殿的天顶，是一个小小的建筑奇迹：它呈八角形状，每一锐角都有两扇格窗，光从窗中透入，交叉辉映，

名臣殿天顶著名的穆卡那装饰

使镶嵌了无数片穆卡那的天顶好似一颗光线柔和的巨星。但是一个空间，无论自身多么辉煌，似乎必须由故事来填补才显得"完全"："恐白"（horror vacui）的症候，对叙事的渴望，对"意义"的追寻。

欧文在《大食故宫纪闻》里写道：

有些人怀疑整个故事，但是我们谦卑的向导马铁奥历历指出伊贲色拉吉家族是由哪一扇腰门逐一进入狮子园的庭院，也分明指出他们被谋杀的地点：殿堂里的喷泉旁边。他给我们指点石子路上的红褐色痕迹——那是摩尔大臣们的鲜血，人们都说再也洗刷不掉了。

看我们似乎很相信他的话，他补充说到了夜里，常常可以在狮子园听到一种低沉的声音，好像很多人在喃喃低语，还不时传来丁当之声，好似锁链的鸣响。此乃被谋杀者，冤魂夜夜徘徊于他们的受难之处，祈求上天替他们报仇。

正如我后来有机会证实的那样，这些声音无疑来自地下管道中流水的潺湲，但是我不忍把这样的想法告诉给赭城谦卑的史官。

7 姊妹宫

Sala de las Dos Hermanas ｜ Hall of the Sisters

姊妹宫坐落于狮子园北，与名臣殿遥遥相对。宫室是一座方厅，两面有长方形的侧室，北面的房间引人进入一个小小的正方形阁子，Mirador de Lindaraxa（或者 Mirador de la Daraxa）。也许更准确的称呼是轩，因为它三面有窗，下临一座修建于十六世纪的精致花园。Lindaraxa 是阿拉伯语的变形，意谓"爱霞（Aisa）守望的地方"。我叫它爱霞轩。

据说在这里居住的两姊妹，因为窥视到花园中一对情人的缠绵爱抚，而死于得不到满足的欲望。

很容易看出，为什么姊妹宫会激起这样的关于欲望与死亡的想象。因为它拥有赭城最华美的画壁，最灿烂的穹窿。似乎天汉流淌的不是清浅的河水，而是熊熊燃烧的，晕眩欲坠的日月群星。整个宫室好像那种可以层层打开的珠宝盒子，最里面藏着纤丽的爱霞轩，而当你终于走进爱霞轩之后，它的拱窗却又诱你走近前去，向外眺望。本来有限的空间，变得无尽无休。

虽然是白天，却可以很容易地想象这里的夜晚：牛奶一样的月光冲洗着爱霞轩的画壁，绿色的树荫变成银黑色，缀着流苏的靠垫与鲜艳柔软的织毯在戴满指环与银镯的手轻轻的抚摸下，发出苍白的彩光。

在这样的夜晚，死于欲望的，是天上的群星。

姊妹宫之爱霞轩

"很容易看出，为什么姊妹宫会激起这样的关于欲望与死亡的想象。"

8　王后梳妆楼

Peinador de la Reina ｜ Tower of the Queen's Dressing Room

　　王后梳妆楼原是一座灯塔。到了十六世纪，查理五世对它加以改造，给他的新娘，来自葡萄牙的伊萨贝拉王后居住，因此得名王后梳妆楼。它原本独立于赭城的主要宫殿群，查理五世下令增加了一座文艺复兴风格的长廊，把它和科玛利斯堡连接了起来。不过，据说葡萄牙公主的审美趣味不能接受这座摩尔城堡，哪怕它已经被精心改造过；她带着她的宫廷侍女搬到了山下的格拉纳达城。

　　无论如何，王后梳妆楼和纳斯瑞德王朝的摩尔王后没有什么关系。那么，如果我在下面翻译了这首讲到王后梳妆的西班牙谣曲，只不过是因为王后梳妆楼的名字引起的联想，还有就是它所提供的广大视界：虽然现在的游客不可以登上这座塔楼，我们还是可以从种种介绍赭城的书籍和画册里得知，从这里，可以远眺格拉纳达的平原。因此，且让我们想象当年的摩尔王后，如何从这里看到从格拉纳达的平原上驰骋而来的基督教骑士。

王后梳妆楼

罗得里克·台莱·德·吉隆 [1]

穿过格拉纳达的平原.

来了一位骑士,

他骑着一匹枣红马,

马镫高高悬起。

他一手拿着盾牌,

另一手紧握长矛,

矛头上还未干涸的

是摩尔人的血迹。

在阿尔罕布拉的宫殿里,

宫女们正在为王后梳妆,

听到骑士的马嘶,

她们来到窗户旁,

看看是谁那么大胆,

来挑战摩尔的儿郎。

她们看到一枚红色十字架,

闪耀在他的心房,

她们知道他是一名基督徒,

来挑战摩尔的儿郎。

---

1 《西班牙谣曲集》,第 120—123 页。这首歌谣产生于十六世纪后期:格拉纳达的征服史,已经开始被浪漫化、传奇化了。历史学家希塔通过诗中的称呼和描写,断定这位骑士是罗得里克·台莱·德·吉隆(1454—1482)。但是,在罗得里克·台莱·德·吉隆死的那一年,十年战争刚刚开始,而且,没有史料表明他曾经到过格拉纳达。

王后得到消息，

立刻结束了梳妆，

所有宫女和贵妇

都随她来到阳台上。

罗得里克，基督教的骑士，

低下他高傲的头颅，向王后敬礼。

王后向他还礼，

宫女们也表示敬意。

她们派出一个宫廷内侍

询问他此行的目的。

罗得里克回答：

"朋友，请你返告王后殿下，

在摩尔武士当中，

如果有一个英雄，

为了保卫他的王后，

他应该把我赶出国境。"

巴尔拔林听到这高傲的回答，

急于接受骑士的挑战，

女侍们为他穿上盔甲，

王后在一旁骄傲地观看。

穆斯林武士跃马出城，

他的坐骑勇敢又强壮，

他的铠甲映着日光，

显得无比辉煌，
当他穿过城门，
他发誓歼灭基督教骑士：
"今天将是他的忌辰，
血洒阿尔罕布拉的城池！"
巴尔拔林直取罗得里克，
并对他这样说：
"我已经向王后发誓，
带回你的人头，
但假使你愿意投降，
我可以饶你一死。"
罗得里克回答穆斯林武士，
他的声音镇定而果断：
"如果你热爱荣誉，
就应该言出必践。"
他们后退了几步，
准备好手中长矛，
随即冲向对方，
展开一场恶斗。

罗得里克占了上风，
他的长矛深入见骨，
穆斯林武士在慌乱中
掉转了他的马头。
罗得里克大声疾呼：

"你应该留下，你这懦夫！
难道你不要实践你的承诺？
难道要为你的王后带回屈辱？"
他立刻策马急追，
把长矛投向摩尔人的后背。
长矛命中目标，
摩尔人落马身亡，
罗得里克纵身下马，
割下了他的人头。
他派那位宫廷内侍，
把头颅带给王后，
王后正在等待，
等待另一颗人头。

他说："我的朋友，
请你向王后禀告，
虽然这件事情
她早就应该知道：
她的骑士巴尔拔林，
没有实践诺言的能力，
但是我就在这里，
愿意为殿下效劳。"

9 廊园

Palacio del Partal ｜ Palace of the Partal

廊园本来并不是园。它和长春藤院、狮子园一样，由四面建筑环绕着当中的一泓方池。现在，池塘仍在，也仍然是赭城面积最大的池塘，四面建筑却只剩下了一面。池边原有两头石狮，是十九世纪的时候从阿尔白馨城区的玛利斯通医院门口迁移来的，如今也已经被搬到了赭城博物馆，保护起来了。

我对比不同的赭城画册中廊园的照片：它们看起来总是很不一样。并不是角度的问题。也许是植物有所变化：少了几处灌木丛，一棵茂盛的橘子树，两头比较像狮子的狮子。

至少有三座廊园：最初建造的，曾经存在的，和眼前看到的。

还有两座廊园：记忆中的，和属于未来的。

改动卡尔维诺的词语："虚伪的不是画面，是事物本身。"

廊园

"虚伪的不是画面，而是事物本身。"

10　公主塔

Torre de las Infantas ｜ Tower of the Princesses

很久以前，在这座高塔里，住着三位美丽的摩尔公主：佐伊达、佐拉伊达和佐拉哈伊达。当她们从无思虑的小女孩时代成长起来的时候，"就好像从平坦、荒芜、毫无意趣的拉曼察的平原，来到了安达露西亚丰饶的深谷与起伏的山丘。"虽然阴郁暴虐的父王对她们严加看管，她们还是爱上了三位被俘虏的基督教骑士。在奶娘的帮助下，除了那最小的妹妹之外，她们和情人一起私奔到了北方的基督教城市柯尔多巴。临行的时候，最小的妹妹佐拉哈伊达因为缺乏勇气、不舍得离开熟悉的家园和上了年纪的父王而独留在后。

"人们说，她私下里对落在后面感到万分悔恨。不时可以看到她从塔上朝着柯尔多巴方向的群山眺望，有时还可以听见凄凉的笛声，据说那是她在悲悼失去的姊姊和她的情郎，悲悼她孤独寂寞的生活。她很年轻就死去了。据说她被埋葬在塔下。她不幸的命运流传于不止一个传说。"

佐拉哈伊达最喜欢吹的一支阿拉伯曲子，歌词是这样的：

玫瑰深藏在绿叶里，

但她怀着喜悦，

倾听夜莺的歌声。

公主塔

"很久以前，在这座高塔里，住着三位美丽的摩尔公主。"

据说，末代君王波亚博第的父亲穆里·伊贲·哈桑（Muley Ibn Hacén）晚年所宠爱的基督教女奴曾经住在这里，因此，这座高塔得名"战俘塔"（Torre de la Cautiva）。她为他生了两个小王子，他为她疏远了他的原配，出身高贵的摩尔王后爱霞，以及爱霞所生的儿子波亚博第。也有人说，波亚博第出生的时候，占星者预言他将是一个不幸的人，格拉纳达将在他的统治期间陷落，所以他才失去了父王的欢心。无论如何，父子之争导致了王国的内部分裂，是纳斯瑞德王朝最终颠覆的众多复杂因素之一。

　　基督教女奴本是一位西班牙将军的女儿，她的原名是伊萨贝拉·德·索利斯（Isabel de Solís），和征服了格拉纳达的西班牙王后伊萨贝拉同名。因为她的不同寻常的美丽，她被摩尔人称为佐拉雅（La Zoraya），意即"黎明之光"。

　　战俘，无论他们是将士，还是被征服城市的百姓，被贩卖为奴是极为常见的情况，只有少数身份高贵或者家庭富裕的战俘有时可以被重金赎回。在 1487 年的马拉伽之围（Siege of Málaga）中，菲迪南国王曾提出，假如马拉伽和平投降，他愿意赦免城中百姓。但是这座被重重包围的穆斯林城市一直坚持战斗到最后一刻，而城破之后，城中百姓的命运也就可想而知。

　　但是，在双方连年的战争中，基督徒也常常不免沦为奴仆的厄运，当年，在建筑赭城的工匠里，就有许多是基督教战俘。下面的这一支西班牙谣曲，讲述了一个成为奴隶的基督教青年如何被俘，如何被贩卖，又是如何重获自由。

十五世纪的丝织壁挂，上面绣着纳斯瑞德家族的题词："上帝是唯一的征服者。"

战俘 [1]

年轻男子和佛洛里达
躺在一起，他的新娘，
他们两个在花园里，
在水色青青的小溪旁。
"告诉我，我的丈夫，
你的家以前在哪里？
在什么地方成了战俘？
是谁放你自由还乡？"
"让我来告诉你，甜蜜的新娘，
请你听我慢慢地讲。
我的父母一个来自荣达，
一个来自安提克拉，
摩尔人的军队
袭击了我们的家乡。
在维雷德拉戈麦拉，
他们把我送上奴隶市场，
他们想要卖掉我，
卖了七夜又七天，
可是没有一个女人或男子
舍得出那么大的一笔价钱，
直到第八天头上，
来了一个摩尔人，

荣达和安提克拉是两座位于格拉纳达以西的城市。荣达 1485 年失陷于基督徒，这首歌谣里描述的事件，想必发生在 1485 年之后。

维雷德拉戈麦拉是摩洛哥海岸附近的岛屿。

1　《西班牙谣曲集》，第 115—117 页。

他花了一百个金币，
我成了他的奴隶。
他家里有一根锁链，
锁链套上我的头，
我的生命是折磨，
每天又饥又渴。
我也为他打茅草，
我也为他舂稻谷，
他给我戴上畜生的口络，
好让我不能吃他的食物。
但是感谢上帝的慈悲，
他的妻子看见我受苦，
趁他出门打猎，
她除去了我的枷锁，
我躺在她的膝上，
她对我好言安抚。
●她为我备下香汤沐浴，
除去我头发上的污垢。
我只帮了她一个忙，
她却给我丰厚的报酬：
她送给我一笔钱，
还有甜美的自由。
上帝创造了人间奇迹，
我们都要感谢他的恩典，
我回到你的怀抱，
这才是我的家园。"

11 最园

Generalife

　　坐落在赭城之北高丘上的最园，"吉拿阿利非"，被人称为"园中之园"，赭城的王冠。内华达雪山给它清凉，灿烂的安达露西亚平原的阳光给它茂盛的花木，即使在十二月深处，也蓊郁烂漫着松柏，橘树，长春藤，仙人掌，玫瑰和素馨。在这座依山而建的园子里，溪水从山路阶梯的扶手中汩汩流下；外表朴素的入口会意外地引人走进玫瑰织成的锦绣回廊。正因为没有中心视角，所以，任何一个角度都是一幅优美的图画，伴随着花朵的芬芳，水声的潺湲。修剪整齐的灌木丛，也许会让习惯了人造自然的远东游客觉得过于工巧，但那不过是一片浓绿的背景，衬托出阿丝奎亚院（Patio de la Acequia）中长方形水渠两旁数十道交叉起落的喷泉：它们晶莹圆润的曲线，交织出一道道水的拱门与回廊。

　　我们来的这一天，也许因为是冬天，游客稀少的缘故，工匠们利用这一时机在做修葺工作。我们沿着一条两旁栽种紫竹的石子路走上去，在行程受到阻碍时，绕了一个弯子，来到最园的高处。这样选择了山顶来建筑他们的花园，赭城的统治者一定是想创造出置身天堂乐园的幻象吧。

　　阿丝奎亚院的长池两端，各有南亭和北亭，可以休憩，可以眺望。拱门构成的取景框里，山脚下的阿尔白馨在灿烂的阳光里闪烁，一座白色的城池。

如果你在山顶建造一座城堡。自然就会常常向远处眺望。赭城的君王显然很喜欢眺望山下的城池。也许，山下的百姓会不时看见拱门中一些鲜艳的色彩，他们知道那是他们的苏丹在守望。

安达露西亚富饶而美丽，正因如此，它很难护持。柏柏尔人从南方一波一波地涌入安达露西亚的平原。西班牙人从北方不断蚕食安达露西亚的土地。我们可以理解为什么他们选择山顶建筑宫殿，并使用灰泥和瓷砖而不是大理石作为建筑材料：比起大理石来，灰泥要持久得多，也更容易修缮。

——所安

最园南亭

　　格拉纳达的公主们一定很爱她们的拱门。有时，门楣上的雕花装饰会一路到底，不过，也许公主和侍女们都穿着华美鲜艳的长袍，因此使得较低矮地方的雕花装饰显得多余。她们大概常常接待邻国公主的访问或者宫廷贵妇的拜谒，可以想象当自己带领着宫女们在这些拱门之下站立，那景象是多么灿烂辉煌。一切都映现在水池中，成为重影：在一个微小的规模上，她们光彩照人，坚不可摧。

——所安

12 外城

The Alcazabar

赭城的外城，是驻军防守的要塞之地。也是在这里的瞭望塔上，在 1492 年的 1 月 2 日，阿维拉（Ávila）主教赫南多·德·塔拉瓦多（Hernando de Talavera）第一次树立起基督教的银十字架和西班牙皇家旗帜，向城外的西班牙远征军以及全格拉纳达城宣告：天主教君王菲迪南和伊萨贝拉正式占领了赭城。据说，当西班牙国王和王后看到这一情景的时候，他们双膝跪下，感谢上帝，在十年战役之后，赐予他们最后的、完全的胜利。从此，长达七百余年的阿拉伯统治，终于结束了。

据《阿尔罕布拉》的作者雅各布斯说，现在，每年到了 1 月 2 日，格拉纳达的知识分子都会聚在一起，抗议鸣钟庆祝"收复"格拉纳达。1992 年，距格拉纳达失陷五百周年，一位穆亚岑居然想办法在夜间悄悄进入了赭城，站在外城的瞭望塔上，呼唤忠实的穆斯林信徒前往祈祷。[1] 这样的举动，似乎有一些荒诞可笑：过去的，还是让它过去了的好，否则，我们又何从怀旧呢？

在气魄恢宏、固若金汤的外城，可以远眺白雪皑皑的内华达山脉，也可以看到格拉纳达城的阿尔白馨城区。赭城内部优雅、纤巧、清幽，外在却完全被沧桑的城墙与巍峨的塔楼取代了。在这里，稍为了解一点历史的人，哪怕

1　迈克尔·雅各布斯，《阿尔罕布拉》，第 181 页。

赫城外城瞭望塔

当年，就是在这里，阿维拉主教赫南多·德·塔拉瓦多树立起西班牙皇家旗帜，宣告全军与全城：天主教君王菲迪南和伊萨贝拉正式占领了格拉纳达。

赭城外城

236　赭城　Red Fort

再不多愁善感，也会不由得感慨纳斯瑞德王朝末代国君波亚博第的命运，感慨摩尔西班牙的颠覆：一方面，后人总是倾向于同情政治与军事斗争中的失败者；另一方面，因为这失败了的穆斯林王国留下了如此辉煌的文明的果实。

　　"阿尔哈玛"（Alhama）是阿拉伯语"温泉"的意思，它距格拉纳达不过数里，可以说是格拉纳达的门户。1481年的深冬，老王穆里·哈桑袭击并夺取了基督教城池扎哈拉（Zahara）。次年，志在报复的基督教军队，在卡第兹侯爵（Marquis of Cádiz）[1]的率领下，攻占了阿尔哈玛，从此，正式拉开了十年战争的序幕。

　　下面这首咏唱阿尔哈玛的歌谣，是西班牙历史学家贝瑞兹·德·希塔的版本，而且，似乎也就是华盛顿·欧文在《征服格拉纳达纪实》（*Conquest of Granada*）中提到的版本。欧文以为这首西班牙语歌谣最初来源于摩尔人的悲叹，但是，我们没有理由不相信，一座城池的陷落和十年战争的开始，其本身所具有的悲剧色彩，不能深深打动西班牙人的心。很多流传于十五和十六世纪的所谓"边塞歌谣"（安达露西亚基督教王国和摩尔王国之间的疆界被视为边塞），都往往超越了宗教与文化的仇恨，显示出对战败者或者遭受苦难者（比如"摩莱伊玛"）的悲悯。

1　卡第兹侯爵的全名是堂·罗得里克·庞斯·德·里昂（Don Rodrigo Ponce de León, 1443—1492），他被西班牙历史学家称为西班牙骑士的完美典范：出身高贵，作战勇敢，富于智谋，对待妇女充满了骑士风度。在格拉纳达十年战争中，他是功勋最卓著的一位将领，同时，也失去了他的三个兄弟和两个侄儿。1492年8月27日，就在整个战争结束之后不久，他死于塞维拉。

阿尔哈玛[1]

摩尔人的国王
坐在格拉纳达宫廷，
他得到一个消息：
丢失了阿尔哈玛城。

呵，伤心哪，阿尔哈玛！

他下令烧毁信件，
他下令处决信使，
他撕扯他的头发，
他拉断他的胡子。

呵，伤心哪，阿尔哈玛！

他下令备好坐骑，
他下令吹起银号，
好让全城的摩尔人，
都听到这一警报。

呵，伤心哪，阿尔哈玛！

---

1 《西班牙谣曲集》，第114—115页。

全城的穆斯林百姓
三三两两来到宫廷，
一个老人开口讲话：
"出了什么事情，陛下？"

呵，伤心哪，阿尔哈玛！

"我要你们大家知道：
我们丢失了阿尔哈玛。"
"这是一桩报应，
这是一个惩罚。

呵，伤心哪，阿尔哈玛！

你欢迎犹太人进城，
你处决了本色哈吉全家，
你把一位忠心耿耿的骑士
送上了绞刑架，
自从你登基之后，
多少人离开了格拉纳达！"

呵，伤心哪，阿尔哈玛！

"但是我希望你们大家
愿意跟我收复阿尔哈玛！"

"陛下，如果你定要前往，
请给格拉纳达留下防守的士兵，
虽然我们知道
你需要一支大军，
因为那些基督教骑士
会誓死捍卫阿尔哈玛城。"

呵，伤心哪，阿尔哈玛！

"那些基督教骑士，
他们到底是谁？"
"听说有罗得里克——
人称卡第兹侯爵；
第一个登上城墙的，
叫做马丁·格林多。"

呵，伤心哪，阿尔哈玛！

军队浩荡出发，
直奔阿尔哈玛，
他们厮杀英勇，
但是劳而无功，
带领着他的军队，
国王返回了赭城。

呵，伤心哪，阿尔哈玛！

华盛顿·欧文《大食故宫纪闻》之二

波亚博第王遗踪

我的脑海里依然回旋着波亚博第王的不幸遭遇，于是，我开始在赭城故宫寻找他的遗迹。在科玛利斯堡中，回王接见使臣的宫殿下面，有两间拱顶小屋，被狭窄的甬道隔开，据说这就是当年波亚博第王和王太后爱霞的囚室。屋墙极厚，小窗皆有铁栏。塔外三面都有长长的石廊，位置恰在窗下。石廊护栏低矮，不过离地面还是有相当距离。传说王太后曾经把她自己的领巾和她的宫女的领巾结在一起，在黑夜里把她的儿子由此缒下，山坡上守候着数名忠心的臣子，立即以快马载回王逸入深山。[1]

三四百年过去了，这戏剧化的景观依然如故。我在长廊上漫步时，不由得想象焦急的王太后是如何倚在护栏上，怀着一颗惓惓的慈母心，侧耳倾听达罗峡谷中渐远的马蹄声。

我还找到了波亚博第王在放弃江山社稷之后，最后离开赭城的宫门。也许是出于亡国的伤感，也许是出于某种迷信，他要求征服了格拉纳达的西班牙天主教君王不再准许任何人从此门出入。根据史书记载，伊萨贝拉王后仁慈地同意了他的请求，这道宫门从此被禁锢起来。

---

1 自从穆里·哈桑宠爱佐拉雅，爱霞被打入冷宫。佐拉雅联合朝臣，希望废除王太子波亚博第。爱霞趁哈桑和北方的基督教君主作战之际发动政变，哈桑回师，把爱霞和波亚博第囚禁了起来。

我多方打听，也没有能够找到这道宫门。最后，还是马铁奥，我的向导，告诉我说一定是那道用乱石堆掩起来的大门了，因为他的父亲和祖父，都说回王就是从那里离开城堡的。此门相当神秘，就连年纪最高的格拉纳达居民，也不记得它曾有打开的时候。

他带我来到门前。宫门原来位于一座人称"七宝塔"的塔楼中心。这座塔楼。在当地十分有名，因为常有神怪之事发生。据斯温堡[1]说，这本是赭城的正门。格拉纳达的好古尚奇者认为此门直通皇家禁卫军营地，因此，很有可能它曾充当皇宫便门，而堂堂的正义门则为举行仪式大典之用。当波亚博第经由这道宫门下临平原，把城池钥匙献给西班牙君主的时候，他派首相伊贲·科密沙在正义门守候，迎入基督教远征军。

曾经高峻壮观的七宝塔，被法军炸毁之后，现在只剩一片废墟，断墙残垣掩映在茂盛的草木之间，或覆盖于藤蔓和无花果树之下。拱门穹窿虽然出现巨缝，但依然屹立。不幸的回王波亚博第，他的遗愿居然在无意中得以实现，因为原来的宫门被废墟乱石壅塞，再也无法通行。

我骑上马，沿着回王出宫的路线缓缓前行，经过殉士山，顺着同名修道院的花园墙一路下来。山坡变得崎岖不平，长满印第安无花果树和芦荟丛，还有住了吉普赛人的岩洞。因为路径越来越陡峭，我只好牵马步行。

1　斯温堡（Swinburne, 1837—1909），英国诗人。

当年，波亚博第王选择了这条悲哀的路出离故宫，为的是避免穿过格拉纳达城。也许是无颜见到格拉纳达的百姓，不过想来主要还是因为不至引起公众哗变。无疑也是为了这个缘故，基督教远征军的特遣队在占领赭城时，选取了同样的路线。

从险峻幽暗的山谷出来，穿过水磨门，我来到一条叫做普拉多的大道上。沿西尼尔河前行，不久即遇一小教堂，曾经是清真寺，现在称为圣塞巴斯蒂安修道院。传说波亚博第即在此把格拉纳达城门钥匙献给了菲迪南国王。复至一村庄，回王宫眷先一日被送来此地，在这里等候波亚博第，这样，至少可以让他的母亲和妻子避免分担他个人的羞辱，也不至使征服者一饱眼福。沿着皇室的流亡路线，我登上一座秃兀荒凉的山丘，这是阿普夏腊山的余脉，波亚博第曾从此回望格拉纳达。此山因此得名"挥泪山"。逾此，则是一条砂石路，弯弯曲曲，伸入无穷旷野。对当年的回王来说，定然倍感苍凉，因为他从此路开始了下半生的流亡。

我策马上据巨石之巅，在这里，依依不舍回顾赭城旧宫的波亚博第收回他的目光，发出最后的悲叹：直到今天，此处仍被称为"摩尔人最后的叹息"[1]。放弃如此的锦绣王国，离开如此的辉煌宫室。无怪他会痛苦万分！当他把赭城交付于敌人之手，他也就好像捐弃了纳斯瑞

---

1 "摩尔人最后的叹息"（the Moor's last sigh）被当代作家鲁西迪（Salman Rushdie）取作他的一部小说的题目，纽约兰登书屋 1995 年出版。

德王室所有的荣耀，人生所有的光彩和乐趣。

也是在这里，他的亡国之痛因为母亲爱霞的斥责而更加苦涩不堪。爱霞王太后曾经多次在危难关头助他一臂之力，也曾徒劳无益地试图把她自己的英豪气概灌注给自己的儿子。"你倒很会像一个女人那样哀哀地哭泣哩，"她说，"哭你作为男子不能固守的江山！"这样的话，似乎更多地反映出了王后的骄傲，而不是母亲的慈爱与宽容。

十六世纪西班牙壁画。壁画题材本是 1417 年基督徒和摩尔人的希格鲁拉之战，但是，画家在这幅画里描绘的，却分明是格林纳达城。

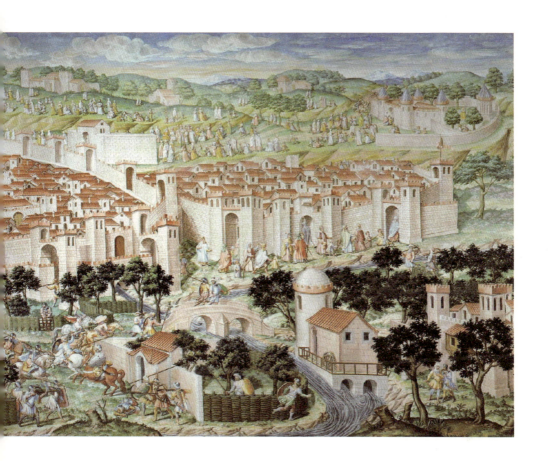

　　这故事被圭瓦拉主教复述给查理五世，查理五世也同样对波亚博第的孱弱表示轻蔑。"换了我是他，"大权在握的高傲君王说，"宁肯葬身赭城，也决不放弃阿普夏腊山中的王国！"唉，那些手握权柄的人，向失败者宣扬英雄主义，是多么容易！他们怎么会懂得，对于那些除了生命之外其他都成画饼的不幸者来说，生命本身也会增长价值呢。

　　从"挥泪山"下来，我信马由缰，朝着格拉纳达方向漫然行进，一边继续思索波亚博第王的遭际。我发现，在反复衡量之后，我倾向于对他加以好评。在他短暂而多难的统治中，他显示出来的是一种温厚的人格。他的仁慈和优雅，赢得了百姓的心；他天性宽恕，即使对叛上作乱者也从不处以酷刑。作为个人来说，他是果敢的，但是道德勇气不足，在危难的时候，不能当机立断。这份精神的软弱加速了他的覆灭，同时也剥夺了他的勃勃英气，使他的命运缺少一点威武、体面和尊严，从而为穆斯林王朝在西班牙的辉煌统治，奏出一曲悲哀的尾声。

插曲之六

阿尔白馨夜游

阿尔白馨的小巷是狭长的，就好像格拉纳达的历史，充满了曲折和起伏。房屋与房屋之间，差不多完全没有空隙。一部车子开过来，就占满了整条街，贴着行人的身子开过去。

从赭城回来的那天晚上，包弼德留在房间里休息，所安和我，还有佐登美，去游阿尔白馨，顺便去看赭城的夜景。

阿尔白馨的历史，可以追溯到十三世纪。在纳斯瑞德王朝的末年，它曾庇护了失宠的王后爱霞。直到现在，它仍然被视为格拉纳达最贴近摩尔文化传统的地区，近年来很多北非穆斯林和欧洲的穆斯林信徒陆续搬到阿尔白馨，在这里开起了摩尔茶室，糕点店，书店，甚至公共浴室。阿尔白馨坐落在山丘上，因此它的街道起伏落差很大，许多街道的名字都以"开斯塔"（Cuesta）起头，而"开斯塔"的意思即是斜坡。走在阿尔白馨，高高的台阶夹在两排紧紧挨在一起的小白房子之间，抬头望去，台阶尽头一片空，傍晚时分的孔雀蓝，好像一直通到天似的。在一条小巷，

阿尔白馨小巷。

"在一条空无一人的小巷，夜色苍茫，偶尔抬头看去，正见到一弯苍白的新月贴在天上，好像离那白垩墙壁的房子不太远，只要攀到房顶上就可以够到。"

我们看到一幕让人目瞪口呆的情景：一位年轻的母亲，双手举起了里面睡着婴儿的婴儿车，一口气走上数十级台阶，稍作休息，又继续攀登。我们问她是否要帮忙，她似乎有些惊讶，微笑拒绝，用生硬的英语说她习惯了。

也许那是晚饭时间，小巷子里面少有行人。DK 旅游指南说，阿尔白馨的街道陡峭弯曲，是真正的迷宫。果不其然，我们很快就迷路了。在一条空无一人的小巷，夜色苍茫，偶尔抬头看去，正见到一弯苍白的新月贴在天上，好像离那白垩墙壁的房子不太远，只要攀到房顶上就可以够到；另一面，可以遥遥看到格拉纳达城红绿闪烁的市景。我停下来，拍了一张照片，所安和佐登美在讨论路程。语声中，一切都寂静而神秘，似乎有什么神奇的事情即将发生，而我们就站在它的边缘。

朝着一个大概的方向，我们继续走下去。穿过一条窄巷的时候，在一座墙壁剥落的小白房子的门口见到一只黑色的小猫。小猫坐在暗淡的街灯下，目光灼灼地看着我们走过去。巷子尽头的天空是一窄条的黑，但是黑暗中透出一些光，可以隐隐约约地分辨出某种巨大恢宏的轮廓。这轮廓很快就见出了分晓。我们终于走到巷口，虽然一路上都怀着莫名其妙的期待心情，到了真的面对它的时候，还是感到一种震动，几乎连呼吸都暂时停止了：那是一个可以说非常戏剧化的时刻——在深黑的天边，在已经升得很高的半轮月亮照耀下，就好似神话里被魔咒拘禁的城堡那样，我们看到了一座悬浮于半空的宫阙，连绵不断，金红色的赭城。

赭城夜景

250　赭城　Red Fort

华盛顿·欧文《大食故宫纪闻》之三

每次读到华盛顿·欧文《大食故宫纪闻》里泥水匠的故事，都会想到阿尔白馨迷宫一般的小巷。

泥水匠的奇遇

很久以前，在格拉纳达，住着一个贫穷的泥水匠。他恪守所有的宗教节日，但还是越过越穷，几乎养不活他的一大家子人。一天晚上，他听到敲门声。他从床上爬起来，打开门，发现眼前站着一个又高又瘦、面如鹰鹫的神父。

"听我说，朋友，"陌生的神父开言道，"我注意到你是个老实可靠的基督徒，你愿不愿意接受一份夜工？"

"没问题，神父先生，只要报酬相应。"

"那自然。不过，你得遵守一个条件：我要蒙上你的眼睛。"

泥水匠答应了神父的条件。神父领着他，走过无数崎岖不平的巷子，弯弯曲曲的街道，最后终于在一栋房子前面停住了脚。神父摸出钥匙，转动一把吱扭作响的锁，打开了一扇听上去相当沉重的大门。他们走进去，门在身后合起来，插上了门栓。泥水匠被带领着穿过一条有回声的长廊，又经过一处宽敞的厅堂，来到房屋的内院。这时，神父终于除去了蒙在他眼睛上的黑布。他发现自己站在一个院落里，只有一盏孤零零的灯暗淡地照明。

院落中央，有一座老式的摩尔喷泉，不过早已干涸了。神父要泥水匠在喷泉下面掘一个地窖，砖头灰泥都是现成的。泥水匠工作了一夜，天亮之前，神父拿出一枚金币放在他手里，再次蒙上他的双眼，把他领回了家。

"你愿不愿意，"神父说，"回来完成你的工作？"

"当然，神父先生，只要有得钱赚。"

"那好极了。明天半夜，我再来找你。"

神父果然又来了。地窖完成了。

"现在，"神父说，"你得帮我把尸体搬出来，把它们埋在地窖里。"

可怜的泥水匠，听了这句话，全身的汗毛直竖起来。他迈着颤抖的脚步，随神父进入一个隐蔽的房间。本以为会看到什么恐怖景象。结果发现屋子一角，原来只不过堆放着三四只巨坛。显而易见，坛子里装的是钱。他和神父费了九牛二虎之力，才把它们全部搬出来，埋到地窖里。地窖随即被合拢，地面抹平，什么痕迹都看不出来了。泥水匠再次被蒙上双眼，神父领着他走了一条不同的路线。在穿过无数街巷的迷宫之后，他们停了下来。神父把两枚金币塞到泥水匠手里。"你等在这儿，"他说，"直到教堂敲响早祷的钟声。要是你在那之前把眼障揭开，厄运就会落到你头上。"这么说完之后，他就离开了。泥水匠老老实实站在当地，摩弄手里的金币，听它们叮当作响，借以打发时光。终于，教堂的早祷钟敲响了，他扯去障眼布，发现自己就站在西尼尔河岸上。他循路回家，一家人靠三枚金币过了整整两个星期的快乐日子，之后，就再次一贫如洗。

年复一年，他继续过着同样的生活：工作得少，祈祷得多，恪守所有的宗教节日，包括圣礼拜一在内。他的一家人，衣服越来越破，面容越来越憔悴，简直好像吉普赛人一样了。一天晚上，他正坐在家门口，一个有钱的老吝啬鬼在他面前停下来。这人拥有一大批房地产，是个出名难缠的房东。他皱着乱蓬蓬的眉毛，把泥水匠上下打量了一番。

"我听说，朋友，你很穷。"

"没错，先生，这谁都看得出来。"

"那我猜你一定很高兴得到一份工作，而且，不会在乎工钱低一点。"

"好先生，只要和咱们格拉纳达其他泥水匠的报酬相当。"

"这没问题。我有一栋房子，很破旧了，翻盖一新呢，不值得，因为没人愿意在那儿住。所以，我想找个人，随便把它修理一下，越便宜越好。"

泥水匠被领到一处空旷的巨宅，显然废弃已久，败落不堪。穿过几进厅堂，走进房子的内院，他突然看到一座古老的摩尔式喷泉。他呆了一会儿，恍惚觉得这地方似曾相识。

"请问，"他说，"以前是谁住在这儿呀？"

"那混蛋！"房东叫起来，"一个抠门儿的神父，除了他自己之外，谁也不关心。都说他有钱，又没亲眷，谁不以为他过世以后会留下一大笔财产给教堂？后来他突然死掉了，教会派来多少修道士清点遗产，结果呢，除了在一只皮口袋里找到几个杜卡脱之外，什么也没发现。最倒霉的是我：他死后，还继续住在我的房子里，一分钱房租也不交。又没法子跟死人打官司！后来的房客，都说那老东西从前的卧室里，从夜到明，叮叮当当响声不断，好像他还在通宵数钱。有时还能听见院子里传来叹气和呻吟。不管是真是假，这些故事，总而言之，害得我这所房子没人敢租。"

"行了，"泥水匠斩钉截铁地说，"就让我来免费住你这所房子，我帮你作翻修，帮你平息这里的冤魂，直到出现让你更满意的房客为止。我是个本分的基督徒，身无分文，哪怕魔鬼亲自出现，把自己打扮成一大袋子钱的模样，我也不在乎！"

房东高高兴兴接受了老实泥水匠的提议。他和全家人搬进了这所弃宅，实现了他许下的诺言：一点一点地，他为它恢复了旧日面貌。过世神父的卧室不再传出叮当声了，现在叮当声倒是常常从泥水匠的口袋里传出来。他的财产与日俱增，引得所有的邻居羡慕不已。他终于成为格拉纳达的首富，但毕竟不忘以重金捐助教堂，无疑是为了不负自己的良心。对财产的来源，他守口如瓶，直到咽气的那一天，才把地窖的秘密告诉给他的儿子和继承人。

阿尔白馨的小巷

卡尔维诺《看不见的城市》

佐贝德

经过六天七夜，你来到佐贝德，白色的城池。它向月光开放，弯曲的街道相互纠缠，好像一个线团。它们讲述的是这座城市最初创建的故事：不同国家的男人，做了一个相同的梦。在梦里，他们看见一个女人在一座城市里奔跑。他们只看见她长发裸身的背影。他们在梦里追逐她。巷回路转，每个人都失去了她的踪迹。梦醒后，他们开始寻找那座城池；城没有找到，但是找到了彼此。他们决定建造一座和他们梦中之城一模一样的城市。在铺筑街道的时候，他们每个人都在追随自己梦中的路线。在他们失去那个梦中女人的地点，他们改造梦中的空间，更动墙垣的位置，使她不至再次逃离。

这就是佐贝德，他们安家落户的地方。在这里，他们等待梦中情景在某一个夜晚重新出现。但是，没有人，无论睡着还是醒着，没有人再次见到那个女人。他们每天去上班时都要经过城市的街道，它们和梦中的追逐没有关联。梦中的追逐渐渐被人们淡忘了。

又一批男子从他乡来到。他们也曾做过同样的梦，在佐贝德，他们认出了梦中的街道。他们开始改变阶梯和长廊的位置，为了让它们和梦中的追逐路线更相像，为了彻底封锁梦中的女人逃离的路径。

那些第一批到达的人，不理解是什么把这些人吸引到佐贝德，这座丑陋的城市，这座陷阱，这座迷宫。

八　归途

　　归途总是比启程艰难。启程充满期待的激动，向外辐射犹如一缕日光；归途却需要结算，需要收敛，需要与出发点重合。如果可以把它们比作一双对偶句，归途是下联，而下联总是要遵循上联的逻辑，用含蓄或者明确的对仗，达到完整和圆满。

　　12 月 21 号早晨，我们乘飞机回到马德里。这一天是立冬。走在格拉纳达的机场上，夜色刚刚蜕变为灰蒙蒙的黎明，空气凛冽而清新，充满了冬天早晨所特有的勃勃生机。在阴云密布的地平线上，依稀可以看到内华达雪山苍茫的轮廓。

　　回到马德里，觉得这座城市比我们初来时亲切了很多，特别是回到先前的旅馆，一切都变得熟悉起来。我喜欢旧地重游，那对我来说，似乎总是胜过前往一个全新的地方，因为一切都已开始被记忆的影子变得朦胧与柔和。

　　在马德里，似乎有两个地方不得不去，一是普拉多博物馆，一是马德里的皇宫。

　　但是，实在没有什么是比马德里皇宫的内部装饰更恶俗的了。哪怕北京故宫最金碧辉煌五彩缤纷的部分，也比西班牙天主教君王们的口味强得多。如果某样食物本来就让人难以下咽，那么想象一下，在刚刚经历了一席厨艺高超的丰盛酒宴之后再面对它，会是一种什么感觉？我记得，那天下午唯一的喜悦，就是在皇宫广场上看云。

至于普拉多博物馆，虽然明知道如果没有博物馆，很多艺术珍品也就无从见到，我还是从未特别喜欢过"艺术博物馆"的概念，正如我因为喜欢音乐而反感音乐会是一样的。在暗淡的光线下，成千上百的艺术品堆积罗列在一起，很难突出一件展品的个性；而且，被博物馆的布局带动着前行，总是有一种被强迫、被劝诱的感觉，因为无论是展品本身还是展品陈列的次序，来访者都不能作出自由的抉择。

然而，普拉多博物馆之行，有一样出乎意料的收获。这收获，也可以说一种"归途"吧，它把我带回遥远的童年。记得小时候，家里每年都有一本"世界名画挂历"，有时一个月有两张画，再加上用纸厚重，俨然就是一部印刷精美的画册（八十年代初期，在我记忆所及之中，似乎除了这样的挂历之外，还很少见到那样精美的画册出版呢）。鲁本斯（1577—1640）的《欧罗巴之劫》，是他摹仿提香（1485—1576）的作品。[1] 我已经记不清楚小时见到的是原作还是仿作了，但是，它在我脑海里留下了至深

1　提香原作收藏在波士顿的伽德纳艺术博物馆（Isabella Stewart Gardner Museum）。

的印象。现在，谁料会在普拉多的展厅里重逢！也完全没有想到它是那么巨大——我对它的印象，一直都是小时见到的挂历的尺寸，但其实它高高挂在那里，占据了整整一面墙。

少女欧罗巴被大神宙斯化身的白牛负之而趋。她的伙伴们在海岸上绝望地叫喊，空中连翩飞舞着几个圆滚滚的小天使——鲁迅笔下的"爱神小娃子？"——对欧罗巴的遭遇似惊似喜地旁观。牛背上的欧罗巴采取了一种几乎不可能的姿态，她仰面向天，脸上的表情一半隐藏在阴影里，同样很难说是惊恐还是狂喜。她的一条手臂显然是在抱住牛头以免滑落下去，另一条空中的手臂和挣扎的双腿采光最多，而且占据了画面的主体——你可以分明看到她的肌肉是多么紧张——使整个画面充满暴烈的动感。牛头冷漠地回视，充满牛的表情，完全没有办法看出神的痕迹，而这神性的缺乏使画面呈现出某种令人心跳的原始的暴力。即使在博物馆暗淡的墙上，原作的色彩还是鲜艳沉郁，远非挂历或者画册中的复制品可以比拟：玫瑰色的小天使从幽深苍蓝的天穹中飞出来，他们的肉红色响应着欧罗巴手里的红帔。我在画前站了许久都不忍离去：它放射出一种强大的力，光、影、色交织出动人心弦的戏剧。

至今我还记得小时候第一次见到这画的情景。那时，我正在发疯地迷恋着古希腊神话，曾经为了在住宅区的街上捡到一张显然是从书上撕下来的插图——阿波罗和达芙尼——而狂喜不已，好像拾到了什么价值连城的宝贝。倒还不是因为画本身，而是因为我觉得那近乎一桩奇迹，在一处新建的，还没有多少户人家的居民区，不远处就是一畦畦菠菜田，怎么会有这样的一幅画落在尘埃？我常常觉得，那一时刻象征了我的童年：在尘土飞扬的街道上，阿波罗充满祈求地向惊慌失措的达芙尼张开双臂，他的俊美的脸上写着神的欲望。

欧罗巴的表情，却是暧昧的：在转侧的脸上，她的呼叫的嘴一半隐在阴影里，分不清那叫喊是来自惊愕，还是来自欢喜。和那些留在海岸上的伙伴们不同，也违背着她自己的愿望，她走上了一条陌生、遥远而不寻常的路。我记得在那些寂静而漫长的下午——有什么下午，比那些童年的下午更漫长呢——我独自在家里，注视着画中翻滚的海水，还有波浪中浮现的形状古怪的巨大海鱼。家变得很普通，很温暖，也很平凡。我知道欧罗巴被神牛带到一片遥远的大陆，开始了一种全新的生活。那片大陆，后来就袭用了她的名字。

回归是艰难的，比启程不知要艰难多少倍。

哪怕只是追忆。

尤其是追忆。

在以欧罗巴命名的大陆，在普拉多博物馆，温柔地注视我的童年。

马德里皇宫的云

　　圣诞夜的前夕，我们回到了波士顿。在马德里机场等飞机的时候，我和佐登美在机场逛免税店，看到一只漂亮的小山羊皮手提袋，颜色是优雅的苍绿色。佐登美左看右看，很是喜欢，却又嫌它贵了，犹豫不决。我在旁边一力怂恿，她终于把包弼德叫来，好像没有丈夫的支持，就难以下决心似的，一边不断地问我：你觉得这个很结实吗？会开线吗？会……吗？最后，还是买下了。我不由想到这次旅行，是如何以佐登美失去她的手袋开始，又如何以佐登美获得一只新手袋结束。佐登美的手袋成为一种象征，然而，其间很多无形的收获，却又是具体可见的得失所难以衡量的了。

离开马德里前一天的晚上，我们在格兰维耶大道附近的广场夜市上漫游，遇到数个来自浙江青田的小贩，在叫卖圣诞节鹿角头饰，化装用的假发，还有各种节日装饰品。正在从事金华地方史研究的包弼德大感兴趣，四处揪住小贩聊天（我们戏称之为"盘查"）。我想到传说中的青田鹤："此中有一双白鹤，年年生子，长大便去，只惟余父母一双在耳。精白可爱，多云神仙所养。"[1] 人与鹤，原也没有什么不同。

　　夜间，在格兰维耶大道上行走，两旁一幢幢灯火辉煌的高大建筑，好比一艘艘光明的巨船，停泊在黑夜的港湾，即将扬帆启航，驶向一个神话的国度。

1　唐《初学记》卷三十引刘宋郑辑之《永嘉郡记》。

马德里夜景

"夜间，在格兰维耶大道上行走，两旁一幢幢灯火辉煌的高大建筑，好比一艘艘光明的巨船，停泊在黑夜的港湾，即将扬帆启航，驶向一个神话的国度。"

附录一

洛尔伽《塔玛里诗集》选

1　不可预知的爱情之歌

无人理解那种芳香——
　　　　它来自你腹部的黑木兰。
无人知道爱的蜂鸟牺牲在
　　　　你的唇齿之间。

在你月光照耀的前额，
　　　　睡着一千匹波斯小马，
连续四个夜晚我环抱着
　　　　你的腰肢——雪的冤家。

在石膏和茉莉之间
　　　　是你的顾盼，苍白种籽的枝条。
为把它献给你，我搜索自己的胸怀，
　　　　寻找那几个象牙字母：永远。

永远，永远：我痛苦的园林，

　　　　你的身影飘摇不定，

　　　　你的血液在我嘴里，

你的嘴，因为我的死，失去了光泽。

2　可畏的存在之歌

我要溪流失去它们的岸，

　　　不要斜坡把风装进它们的摇篮。

我要夜没有眼睛，

　　　要我的心献出它的纯金；

要牛群和阔叶交谈，

　　　蠹虫死于阴影；

骷髅牙齿闪亮，

　　　众多金黄淹没丝绸。

我忍心观看受伤的夜色

　　　试图挣脱正午的蟒盘；

承受绿色毒液的日落，

　　　和时间默哀的圮毁拱门；

但是不要对我展现你晶莹的赤裸，

　　　好比芦苇中开放一朵黑色仙人花——

让我去渴望幽暗的星辰，

　　　但是不要对我展现你年少的腰肢！

3　不肯被暴露的爱情之歌

只是为了听到
　　　　瞭望塔的钟声，
我在你头上
　　　　加一顶马鞭草的王冠。

格拉纳达——
　　　　在长青藤中声咽的月亮。

只是为了听到
　　　　瞭望塔的钟声，
我撕裂卡它吉那的花园。

格拉纳达——
　　　　风信标上空浅红的果皮。

只是为了听到
　　　　瞭望塔的钟声，
我在你的肉体中燃烧——
　　　　不知道它属于你。

4　死去的孩子之歌

每天下午在格拉纳达，
　　　　每天下午有一个孩子死去。
每天下午水坐在那里，
　　　　和它的朋友絮絮低语。

死者生出苔藓的羽翼。
　　　　多云的风和清澈的风，
从塔楼之间飞过的两只野雉；
　　　　白昼是受伤的男孩。

我在酒穴找到你的时候，
　　　　空气中没有一丝云雀；
你在河里淹没的时候，
　　　　陆地上没有一星云屑。

山谷卷走了狗与百合，
　　　　水的巨人倒在山巅。
在河岸上死去，你的身体，
　　　　冷却的天使，带着我双手之堇的幽暗。

5　苦根之歌

一支苦根
　　　　和一千座楼台。

最小的手
　　　　也不能打开水的门。

你去哪里？哪里？去哪里？
　　　　一千扇窗子的天空
——怒色汹汹的蜜蜂——
　　　　还有一支苦根。

苦。

脚跟上，内在的面孔
　　　　感到疼痛，
鲜活的树干感到疼痛，
　　　　夜色刚被砍伐。

爱，
　　　　我的敌人，
噬咬
　　　　你的苦根。

6 室外的梦之歌

素馨花，和被屠戮的公牛。
无休无止的人行道。地图。厅堂。竖琴。黎明。
少女想象一头素馨花的公牛，
　　　　公牛是鲜血淋漓、气喘吁吁的日落。

如果天空是一个小小男孩，
素馨花会拥有半个黑夜；
公牛在没有斗士的蓝色马戏棚里漫游，
　　　　一颗心留在石柱的根基。

但是天空是一头白象，
素馨花是无血的水，
少女是夜色的聚集，
　　　　在无边黑暗的人行道上。

在素馨花和公牛之间，
或是象牙钩，或是睡觉的人。
在素馨花里，一头白象和云彩；
　　　　在公牛里，有少女的骨骼。

附录二

弗乐明柯诗辑

1　西班牙舞者

好似，在燃烧之前，厨房里的
一根火柴，摇曳着小小的白舌：
她四周的观众，被摩擦得发热，
她的舞蹈开始在暗室闪烁。

突然之间：全部是火！

向上一瞥，她的头发燃烧起来，
旋转越来越快，她的裙子
迸发出热焰，直到成为
一只熔炉，从里面，好像受惊的响尾蛇，
赤裸的长手臂，嘤嘤地，
解开了盘卷。

随后，好像火焰把她的身体

箍得太紧了，她把它解下来，

高傲地，掷在地上，看它

躺在那里，依然在发怒，

高高跃起，拒绝死去——

终于，她走上前来，带着完全的自信，

和一个甜蜜的、胜利的微笑，

她抬头注视，并用她有力的、纤秀的双足

把它踩熄。

里尔克

2　弗乐明柯表演

水晶灯
和绿镜子。

在暗淡下来的舞台上，
帕瑞拉和死亡
久久地
对话。
她呼唤死亡，
死亡不来，
她再次呼唤。
人们吸入了
她的哭泣。
而在绿镜子里，
她长长的绸衣
摆来摆去。

洛尔伽

3　璜·布列瓦

璜·布列瓦有

一个巨人的身体

和少女般的声音。

什么也比不上他发出的颤音。

是那古老的痛苦，

藏在微笑后面，

被他唱出来。

让人想起睡意朦胧的玛拉伽，

玛拉伽城里的柠檬林。

他的悲叹中有

海盐的回味。

好像荷马一样他盲目地

歌唱着。他的声音有

一星星的海，无光的海，

还有榨干的金橘。

洛尔伽

阿拉伯天使,《穆罕默德游历天庭图》局部,作于 1539—1543 年。一个红衣天使手持熊熊燃烧的灯盏——灯竿细长,也是鲜艳的红色——为穆罕默德照明。另一个橘红色翅膀的天使,仰着头,模样颇为吃力,手里托着一只金盆,盆里满满都是金色的火焰。这幅画以骑在马上的先知穆罕默德为中心,背景是夜空纯净幽深的蓝色,随处翻卷着白色的云头。

附录三

"欲望的驿站"

在行程之始，我们的诗人向导止步于某处宿营地迁走以后留下的废墟：沙地上有帐篷支柱的遗迹，炊火烧黑的岩石，用来阻挡雨水的壕沟的残痕。一切都如此陌生，如此荒凉。然而，在陌生与荒凉之中，逐渐升起一种似曾相识的感觉。不，这不是一处普通的废墟而已：这是我们熟悉的人留下来的痕迹。就在沙漠中的陌生记号转化为被爱者的遗迹的那一瞬间，诗歌诞生了。

就在我们辨认出爱人遗迹的时刻，回忆（dhikr）复活了。我们记起我们最后一次见到她的情景。我们记起周围的荒原是如何在春雨中勃发出郁郁生机。我们记起她和她部落的女人们是如何消失于骆驼背上的绣花篷轿（howdaj），又是如何慢慢消失于远方，直到我们再也分不清她的篷轿和周围的柽柳或石砾。[1]

---

1 伊贲·阿拉比著，迈克尔·塞尔斯译著：《欲望的驿站》（*Stations of Desire: Love Odes of Ibn Arabi and New Poems*, Jerusalem: Ibis Press, 2000），《序言》。

迈克尔·塞尔斯（Michael Sells）是一位研究古典阿拉伯诗歌的著名学者，任教于美国宾州黑沃福德大学。他也是阿拉伯古诗最出色的当代英语翻译者之一。也许，因为他自己就是一位诗人——《欲望的驿站》里也收录了他自己的诗作——他的译文，使得一个和我们平时所熟悉的基督教文学或者远东文学迥然不同的文学传统，既保存了它的奇异特色，又获得了一种现代感，一份新鲜的生命力，使当代读者能够产生情感上的共鸣。换句话说，他的译文把这些诗歌呈现为精彩的文学作品，而不是言语无味、只因其"古老"才值得重视的古董；他的评析，使我们在一个非常不同的时代和非常不同的文化语境里，仍然能够认同这些诗歌，对它们感到深深的着迷。

《沙漠之痕》（Desert Tracings）译介了六首古典阿拉伯颂诗。这些早期阿拉伯诗歌产生于伊斯兰教尚未创立的时代，也就是在阿拉伯的历史上被称为"道德蒙昧时期"（Jahiliyya，音译"贾希利叶"）的时代。据说，贝都因游牧民族每年一度在麦加附近参加盛大的集市，在集市上人们进行诗歌比赛，获胜的诗（多数人认为一共七首）用金线刺绣在贵重的埃及麻布上。在称为"喀巴"（Kaaba）的古老圣坛上悬挂起来。这已被很多学者视为没有根据的传说，旨在解释阿拉伯最著名的一组诗歌，"悬诗"（Mu'allaqat，音译"穆阿拉喀特"），神秘的名称来源。但是，正如塞尔斯所说的，无论它的真实性如何，这一传说本身，反映的是一个文化的自我形象：它显示了这些诗歌在阿拉伯文化中的崇高地位和重要性。[1]

自从公元 622 年伊斯兰教创立以来，在其后四百年的时间里，

---

1 迈克尔·塞尔斯译：《沙漠之痕》（Desert Tracings: Six Classic Arabian Odes. Connecticut: Wesleyan University Press, 1989），《序言》。

穆斯林学者收集和保存了阿拉伯的口头文学传统，把它和书面文学结合起来。虽然这些诗歌都署有个人作者的名字，而这些作者又都各有可歌可泣的生平故事，但是，它们模糊的起源和流传历史，却促使学者们作出结论：我们现在看到的诗篇，是诗人和后来的吟唱者共同的创造。每次演唱都会微妙地改变一首诗。

依照塞尔斯的描述，颂诗（qasida，音译为盖绥达，或者卡色达、格西特，等等）很少会长于一百二十行，而且总是一韵到底；它最大的特色，是全诗一般来说分为三部分：纳西布（nasib——追忆情人），旅途，和夸耀。纳西布以遭到遗弃的宿营地开始，情人的部落在沙上留下种种遗迹，但现在他们已经迁徙。这些遗迹唤起回忆。情人是春天的雨，欣欣向荣的花园，但那已是不可捕捉的幻影，眼前是沙漠，是荒原，是被遗弃的营地废墟。诗人沉陷在失落感之中。

在诗的第二部分，诗人走上一条遥远而艰辛的旅途，充满了沙漠的炎热，憔悴消瘦的骆驼，海市蜃楼的幻影。旅途的描写常常被错置为对胯下骆驼的描写，而胯下的骆驼又转而被其他沙漠动物所代替，譬如白色的阿拉伯羚羊，野驴，或者鸵鸟。诗的最后一部分是"夸耀"，描述宰杀骆驼（诗人的坐骑）作为牺牲，和同部落的人分享，并常以饮酒歌的形式出现。在这一部分中，诗人通常强调对部落的忠贞，强调群体观念，或者，宣称在饮酒作乐中他已忘记了他的爱人，只不过这样的宣言，总是指向它的反面。这一部分的重心是宰杀骆驼的仪礼。通过箭杆抽签的形式，诗人把骆驼肉分给自己的同侪。

以上，是塞尔斯在《沙漠之痕》的序言里对一首古典阿拉伯颂诗的基本结构所作的描述。从具体的诗作看来，这样的描述虽然总结出了某种抽象原则，好像一个沙漠向导那样，引导读者的脚步，使我们不至于在这一陌生的诗歌传统中完全迷失，但是，至少《沙漠之痕》中收录的六首颂诗，在其结构上总是会发生各种各样的变形。以中国阿拉伯学者仲跻昆的话来说，盖绥达"结构上显得松散，逻辑性不强"[1]。

　　所有的比较都有一个参照系。一般来说，我们总是按照我们自己所熟悉的文化概念和定义来理解其他的文化。这一方面会帮助我们认识到自己与他者的差异，也多少消解了一些他者的陌生感；另一方面，却也存在着某种局限性。其实，阅读这些阿拉伯古诗，令人想到柯尔多巴的清真寺或者赭城的建筑美学：它们视点分散，没有一个中心视角；和远东建筑相比，不在意整体的对称，而和欧洲其他建筑相比，又缺乏直线形的结构；然而，无论从哪一个立足点看来，眼前的情景都会构成一幅美丽的图画。

　　阿拉伯古典诗歌在阿拉伯文化中占据着重要的地位。即以现代社会一个普通的阿拉伯人，也十分热爱和认同于自己的文学传统，这与我们直到今天仍然会对我们的古典诗歌——对李白与杜甫这样的诗人——感到亲切、喜悦与自豪，是同样的心理。假使想要了解这个文化，我们必须阅读它的文学作品，因此，译者的文化责任是很重大的。近年来，我们对于阿拉伯文学的译介工作获得了前所未有的成绩，但是，就我极为浅薄的了解，似乎我们对现当代阿拉伯文学的翻译介绍，远远胜过了对古代阿拉伯文学的翻译介绍。[2] 这和

1　《西亚抒情诗选》，抚琴居诗歌图书馆网站扫描制作。
2　这种印象来自我近两年的浏览，也验证于以下文章：李荣建、程伟红的《中国的阿拉伯文学翻译与研究》（发表于《中外文化交流》1999 年第一期，第 51—54 页）；仲跻昆的《任重道远，责无旁贷——在中国外国文学学会阿拉伯文学研究会第四届代表会议暨"世纪之交的阿拉伯文学"研讨会开幕式上的讲话》（发表于《阿拉伯世界》2002 年第一期，第 66—70 页）。

我们对于其他文学传统的兴趣是相关的，也就是说，我们对外国文化传统，似乎最为看重的是其现代的发展，而不是它们不断从中得到滋养的源头。我想，这一方面表现了世界上一种相当普遍的文化倾向，也就是人们对现当代文学的关心总是超过了对古典文学的关心；另一方面，其中不乏急功近利的成分。"什么是最新的热门作品？它们代表了什么样的新文化潮流？"但是，当我们如是追踪"时尚"的时候，我们也就注定要永远落在它的后面。何况，假如我们不熟悉一个文学的传统，我们也没有办法理解它的现在。

八十年代末期，埃及作家马哈福兹获得诺贝尔文学奖，这似乎使得学院之外的广大读者，开始对纪伯伦和《天方夜谭》之外的阿拉伯语文学睁开眼睛，然而，我们对阿拉伯文学的兴趣，往往集中在这个小小的三足鼎立的世界，在其中徘徊不前。而古典阿拉伯文学呢，就连阿拉伯语文学研究专家仲跻昆先生翻译的《阿拉伯古代诗选》（人民文学出版社，2001 年）这样一部填补了许多空白的译作，据说也束之高阁十几年才得到有识出版社的问津。[1]纪伯伦充满十九世纪的浪漫主义与神秘主义趣味；《一千零一夜》是极好的故事，但在阿拉伯语文学里，它被视为通俗读物，何况它的流传历史十分复杂，可以说它代表了一个法国人所创造和迷恋的阿拉伯，并不是阿拉伯人心目中的阿拉伯。就拿里面著名的"阿拉丁神灯"的故事来说，它不仅出于后人的伪造，而且根本是从法文翻译到阿拉伯文的。现在它居然成为尽人皆知的"阿拉伯文化"的象征，实在是一件颇具讽刺性的事情。

我们很容易出于某种意识形态的原因，某种"实用"的原因，

---

1 资料来源：北京大学东方研究中心出版信息网页。

对一个文化感到兴趣。为了避免"欧洲中心主义"而转向阿拉伯文化的研究和译介，作为一个最初的契机，使我们开始注重阿拉伯文化的独特性，不能说有什么不好；但是，我希望，我们也能够为了这一文化本身的魅力而致力于理解它和介绍它。

下面的诗，据说是六世纪诗人尚法拉（Shanfara）的作品。尚法拉的生平事迹模糊而复杂：他曾在部落战争中被俘虏，后来又被卖回原属部落。原属部落视他为外人，他发誓报复，遂和敌对部落联合起来。他成为苏鲁克（su'luk，大盗），曾为他的养父（一说生父）报仇而杀死朝圣者；在临死的时候，他吟诵著名的诗句，要求把他的尸体留给海乙那。这些故事与其说是信而有征的史实，毋宁说反映了"苏鲁克诗歌"中常见的主题；或者，是根据诗的内容编出的"本事"。

《拉米亚特阿拉伯颂诗》（意即"以 L 押韵的阿拉伯颂诗"）是最著名的苏鲁克盖绥达。

　　赶起你们的骆驼来，离开
　　　　　这里，你们，我母亲的
　　儿子们。我依靠的不是
　　　　　你们，而是另一个部落。

　　　　　　　该发生的，即将发生。
　　月圆之夜，
　　　　　坐骑与雕鞍
　　准备远征。

在这片土地上有一处避难所，
　　给那躲避仇恨的人，
　　　给那躲避冤枉的男子，
　　一个庇护的地方。

唉！在夜里独行的旅人！
　　怀着恐惧，或者欲望，
如果你保持头脑的清醒，
　　它不会扑上你的身！

除了你们，我有其他的血亲：
　　永不倦怠的狼群，
奔突的沙豹，
　　海乙那竖起颈毛。

　　　　　这就是我的部落。它们不背叛
　　　　　　我的信任，不泄露秘密，
　　　不遗弃
　　　　一个犯了罪的男人。

它们满怀轻蔑，
　　凶猛，残忍；虽然我
第一眼看到猎物，
　　比它们更甚。

我失去了一些
　　　　忘恩负义的伴侣，
在他们身边，
　　　　我从未感到安心；

作为补偿，我获得了三位良友：
　　　　一颗勇敢的心，一柄赤裸的
匕首，和一把
　　　　黄杨木的长弓，

　　　　光滑，坚韧，
　　　　　　音色洪亮，
　　　　装饰着珠宝，
　　　　　　斜背在肩头；

当它放出一枝利箭，
　　　　它嗡嗡作响，
好似那失去了孩子的母亲，
　　　　悲哀哭泣和呻吟。

　　　　我不是易渴者，
　　　　　　黄昏时分依然饥饿的牧群，
或者贪婪的牛犊，
　　　　哪怕母牛的乳房已经拖长；

不是阿谀奉承的人，
　　　　也不是妇女裙带下的男子，
无论遇到何事，
　　　　对妻子言听计从；

　　　　　　不是瘦长的鸵鸟，
　　　　　　　　呆呆发愣，好像
　　　　　　心中一只麻雀
　　　　　　　　翅膀扑打不停；

不是托病的人，每天留在家中，
　　　　日夜追逐妇人，
身上沾染了
　　　　眉黛和唇红；

　　　　　　不是轻浮的跳蚤，
　　　　　　　　怠惰，无用，
　　　　　　受到一点惊扰，
　　　　　　　　便四处跳跃不停；

当黑夜升起，塔楼一般高大的
　　　　空虚，使惊慌的旅客
迷失路径，你不会看到我
　　　　失去冷静。

我的脚跟

　　　　碰到沙砾，

　　它支离破碎，

　　　　进出火星。

我驱逐饥饿，

　　　直到它死去，

转移注意，

　　　忘记。

　　　　我宁愿吞咽尘土，

　　　　　也不接受

　　　什么男子

　　　　　充满优越感的恩赐。

我本不会缺少衣食，缺少

　　　生活的舒适，

但这个强硬的灵魂，

　　　不容我安息，

我的五脏

　　　缠绕空虚的

胃阱，

　　　好似织工手里的线团。

我在黎明出发，

　　　　好似一匹饿狼，

步步走进沙漠深处。

　　　　骨瘦如柴。

他在黎明出发，饥饿的野兽，

　　　　走进风声，切入深谷，

他追逐食物；它避开他；

　　　　他嚎叫；他的伙伴以嚎叫回答。

　　　　消瘦犹如新月，

　　　　　　毛色灰白，

　　　犹如箭杆，

　　　　　　在赌徒手里摇动作声，

好似蜂后，

　　　蜂群被攀岩采蜜者

手里的木杆

　　　惊动，

　　　　颚骨宽大，

　　　　　　张开了嘴巴，

　　　好比一根劈开的木棍

　　　　　　狰狞的笑容。

他在空地嚎叫，

　　　他们在空地嚎叫，

好比失去了亲人的妇女，

　　　在高高的山坡上悲悼。

　　　　　他垂下眼皮，他变得沉默。

　　　　　　他们跟随他的足迹。

　　　他们，他，孤独，荒凉，

　　　　　给彼此带来慰藉。

他转过身。他们转过身，

　　　微微地波动，被一步步逼迫，紧紧追逐；

保持镇静的外表，

　　　深藏不露。

松鸡饮我留下的水。

　　　长夜旅行之后，

它们扑打着翅膀，

　　　飞近水窟。

　　　　　我下了决心。它们下了决心。

　　　　　　它们的翅膀无力地垂落，

　　　我站在面前，轻松自若，

　　　　　长袍卷在腰间。

我转过身。

　　　　它们拥向水边。
紧张颤动着的
　　　　是嗉囊和食管，

　　　　　　好似一群
　　　　　　　　争先恐后
　　　　　　从大篷车上
　　　　　　　　跳下来的男人。

黎明时分，
　　　　它们飞去，
好比心怀恐惧的骑手，
　　　　来自乌哈扎。

我熟悉脚下的大地。
　　　　我躺在那里，
满怀不安，
　　　　腰椎干涸，

　　　　　　头枕手臂，
　　　　　　　　疲倦到脊髓，
　　　　　　关节僵硬，
　　　　　　　　好似赌徒手中的骰子。

他的罪孽跟踪他，

　　　它们在一起抽签，
看谁能得到
　　　他最丰满的腿腱。

　　　　尚法拉！
　　　　　你与忧患为友！
　　　好像疟疾的高热，
　　　　　它们卷土重来！

它们围攻我，
　　　我把它们尽行驱逐，
它们调转头，
　　　从四面八方袭来。

　　　　也许你看见我，
　　　　　被阳光击溃，
　　　脚上没有鞋子，
　　　　　脚板磨穿，

但我不失去耐性。
　　　只有那给出自己的人，
高瞻远瞩，才能
　　　获得成功。

多少个运气恶劣的夜晚，
　　　　为了取暖，
　　猎手被迫
　　　　烧掉他的箭与弓。

我穿行过黑暗和霖雨，
　　　　被饥火焚烧，
全身颤抖，
　　　　恐惧压着心灵。

　　　我使女人成为寡妇，
　　　　　使孩童成为孤儿，
　　回来的时候和去时一样，
　　　　　夜色比黑色更浓。

第二天早上在关玛萨，
　　　　两群人聚在一起，
他们窃窃低语，
　　　相互追问打听：

"我们的狗哀嚎了整整一夜。"
　　　"那许是海乙那，或者一头狼？"
"只隐约听到一点声音，然后就是沉寂。"
　　　"也许是受惊的沙鸡，或者雄鹰？"

"如果是沙灵，

　　　　多么不吉祥的半夜来客！

如果是一个人，不，

　　　　人不会做出那样的事情。"

　　　　原文是 jinni, 沙漠中的幽灵，
　　　　一般指痴迷的情人，诗人，
　　　　或狂人。

　　　　　　在多少个天狼星的日子里，

　　　　　　　　太阳吐出热涎，

　　　　　　长蛇在烧焦的地上

　　　　　　　　滚动不休，

我转过脸，没有保护的

　　　　面罩，只有一件

阿萨米大氅，

　　　　烂成了一条条；

　　　　　　头发纠结，

　　　　　　　　披散在背上，

　　　　　　没有梳洗，没有

　　　　　　　　香汤沐浴，被风吹起。

走过多少大漠平沙，

　　　　好似一张盾牌的表面，

空无一物，

　　　　无法洞穿，

我的脚步连接起

近与远，

从高丘远瞩，

时坐时立，

燧石色的黄羊，

在我身边环绕，

犹如裹着披肩的少女，

在落日余照中静立，

又好像我也是一头羚羊，

生着白色四蹄，

挺立修长的双角，

奔向高高的草原。

　　苏鲁克盖绥达让人想到中国文学传统中的游侠诗，因为都是用夸张的笔法极力刻画强硬而武勇的独行者形象。

　　这首先是一首寻觅和建立自我身份的诗。传统的纳西布描述情人的远离，在这首诗里，却被诗人一开始就宣布和自己的血亲部落断绝关系代替。和那些以部落、宗族、家庭定义自己身份的人不同，诗人表示他要远离人类社区，与野兽、弓箭为友。他个人的黑暗过去在"躲避仇恨"和"犯了罪的男人"这样的诗句中初露端倪。诗人随即列举他"不是"什么样的人，用排除的方法界定他的身份。下面两节中的狼和沙鸡是诗人自我的变形。

用了一种拟人化的写法，诗人把他过去犯下的罪过比作赌徒，他们在一起掷骰子，以他的血肉为赌注。传统盖绥达里作为祭品被宰杀的骆驼，现在替换为诗人自己的身体。而诗人与文明社会的脱离，在诗的最后一节中表现尤甚。清晨，两群人满怀惊惶地聚在一起相互打听：昨天夜里是什么袭击了他们的部落？事件的恐怖，在这两句充满暗示的诗里得到强有力的表达：

　　如果是一个人，不，
　　人不会做出那样的事情。

　　如塞尔斯所说，盖绥达的很多传统因素都被变形，但是仍然含蓄地保留下来。诗人一再谈到赤足行路，谈到征途，谈到他的脚步"连接起近与远"；虽然他脱离社会，但是，又一再谈到群体：结队飞行的沙鸡，狼群，大篷车上跳下来饮水的男人。全诗没有对爱情的歌咏，但是，全诗结尾处，在描述了种种黑暗、孤独、暴力、仇恨之后（沙漠被比作一面平平的盾牌——仍是战争的比喻），出现了一个极为美丽、和谐而肃穆的意象：诗人把环绕在他身边的黄羊比作裹着披肩的少女，"在落日余照中静立"。

　　穆西甸·伊贲·阿拉比（Muhyiddin Ibn al-'Arabi, 1165—1240）出生于安达露西亚东部一座靠近地中海的城市穆西亚（Murcia）。他的父亲是塞维拉宫廷的一位军事将领。伊贲·阿拉比本来可以从政，但是，他却选择成为苏非，终生漫游。他的足迹遍及安达露西亚的城镇，尤其在塞维拉和柯尔多巴盘桓时日颇久。在北非的文化中心，非斯，马拉喀什，突尼斯，他得到神秘的启示。此后，他前往开罗、麦加、巴格达等城市，最后定居在大马士革。伊贲·阿拉比去世以后，他的坟墓成为一处著名的苏非圣地。他是影响最为深远的苏非主义大师之一。

在麦加居留的时候，伊贲·阿拉比写作了一部诗歌集：《欲望之诗》。他把这些诗称为盖绥达，"虽然它们在音节和内容上都和古典盖绥达大相径庭"[1]。伊贲·阿拉比的诗作似乎截取了盖绥达的纳西布部分，歌咏所爱者，和对她的追寻。他把这些诗献给尼赞，一位著名麦加学者的女儿，常被后人称为"伊贲·阿拉比的贝雅特丽齐"。当这些诗作由于它们的爱情内容而受到指责，伊贲·阿拉比撤掉了原来的献词，重新写了一篇序言，强调诗的宗教象征性质。

现代学者往往忽略这部诗集。据塞尔斯说，这一部分是由于当代阿拉伯文化研究中宗教和诗歌的人为界限造成的：宗教研究者觉得，这些诗作的象征意义不够透明；诗歌研究者则接受了伊贲·阿拉比本人的说法，以为这些诗歌不过是宗教教义的敷衍。但是正如塞尔斯所说："伊贲·阿拉比对这些诗的评析，无疑有助于我们理解他的玄学。不过，假使我们认为那就是这些诗的全部意义所在，这些诗也就变得多余了。"[2]

我们不能说伊贲·阿拉比"宗教象征意义"的解说完全是故弄狡狯：在伊贲·阿拉比的玄学理论框架里，苏非的神秘主义本来就富于强烈的泛神论色彩，因此，歌颂被爱者的美，或者强调爱的无所不在，和伊贲·阿拉比怀有的宗教信仰并不冲突。但是，这些诗

---

1 《欲望的驿站》，第 29 页。
2 同上，第 36 页。

又不仅仅局限于宗教教义的阐述：我们不能好像对待数学公式一样，把 X 视为 Y 的代表。换句话说，这些诗本身并不多余，它们却包含着"多余"的东西，正是这些"意义"之外的"多余"的东西，构成了一首诗的"诗性"。这也就是为什么一首好诗的"含义"永远不能得到真正的解说：任何解说只能为我们展现这首诗的一部分，哪怕是很重要的一部分，但是，这首诗的"诗性"，却总是在它"含义"之外的空间盘桓。

在河流与河流之间

闪电为我们抽亮
　　　　阿布拉堪。
　　　　　　霹雳炸响在
　　　　　　　　我们的肋骨之间。

云中落下细雨，
　　　　滋润了起伏的沙丘，
　　　　　　还有颤抖的枝条，
　　　　　　　　纷纷向你倾斜。

一阵芳香袭来，
　　　　河岸胀裂，
　　　　绿枝婆娑，
鸽子送出低鸣，

河水像蛇一样蜿蜒。
　　　　在河流与河流之间，
　　　　　　他们搭起了
　　　　　　　　红色的帐篷，

　　　　　　其中有明丽的少女，
　　　　少女有黑色的眼睛，
　　温存，善解人意，
犹如旭日初升。

男人是一面镜子

她说：我惊诧
        这样一种爱，它在
鲜花盛开的花园里
        昂首阔步。

我说：不要惊诧
        你眼中所见的景象。
男人是一面镜子，你在其中看到
        自己的面容。

纪念

他们的春坪，
    现在一片荒芜。但是，对他们的
      欲望活在心中，
        从不销融。

    这是他们的废墟。
      这是我们的泪水：
    纪念那些永远
      融化了我们心灵的人。

    我叫出声，好像
被爱昏眩了耳目：
    我一无所有，
你却如此丰富！

我低低俯首于尘埃，
    爱的高热使我昏迷：
      凭着爱你的权利，
        不要摧毁这个男人——

      这个男人已被哀愁淹没，
        被他自己的话语烧灼。
      没有什么能够
        拯救他的灵魂。

你可想燃起一堆篝火？
小心！这份激情
　　　在朦胧中闪亮。触摸它——
它会点燃你自己的心灵。

黑衣

当我触摸石块,
　　环绕圣坛的妇人,
　　　　黑纱遮住面孔,
　　　　　　拥挤在我身旁。

她们打开面幕,
　　露出辉煌的太阳。
她们警告我：
　　视线中藏着死亡。

在米那的穆哈萨布,
　　很多男人被击中,
　　　　那些来寻找
　　　　　　石块的男人,

在干涸的谷地,
　　在拉玛和扬的高原上,
在阿拉法特原野
　　茫茫的人群中央。

难道你未看见
　　美在大肆劫掠?
　　　　美是美德的玷污者,
　　　　　　这话原来当真。

朝圣者在这里向代表了邪恶势力的柱子丢石头。宰杀绵羊、山羊和骆驼作为祭献,纪念亚伯拉罕用羊只代替自己的儿子献给上帝。

阿拉法特平原靠近麦加,在这里穆罕默德曾进行最后一次布道。朝圣者在此肃立一日,表示纪念。同时,他们一起吟诵"拉巴依卡"(我在这里,我来了),这是到了末日审判的时候. 每个人对上帝说的话。

当你结束环行圣礼，

　　　且到赞赞泉水旁和我们相见，

靠近中间的那一座帐篷，

　　　也靠近成堆的巨石，

在那里，一个为爱憔悴的男子，

　　　被妇女们的馨香治愈；

不，不，治愈他的不是馨香，

　　　是她们使他满怀渴望。

当她们受到惊动，

　　　她们散开长发，

　　　　　让它沉沉垂落，

　　　　　　　仿佛一袭黑衣。

赞赞泉水是喀巴附近的圣泉。

坟

呵乌萨尔的风吹过的墟落，
　　　在那里我曾和
　　　　　谨慎的年轻女子
　　　　　　　结下交情。

昨天它还那么欢快，
　　　今天就改变了面容。

他们悄悄离开，却不知
　　　我的心在追踪，
无论他们去得多远，
　　　无论他们在哪里

宿营。直到他们在
　　　荒原上止步，铺下毛毯，
　　　　　扎下帐篷。

曾经干裂的土地，曾经一片空，
　　　无论他们在哪里歇息，
　　　　　他们都带去

一座花园，充满湿润的色彩，
　　　犹如孔雀开屏。

而他们在离开的地方，

留下一座座坟墓，

里面长眠着

热爱他们的人。

和生命一样清凉

在路边的驿站里，
　　　　请你稍事停留。
哀悼荒凉的墟落，询问
　　　　寂寞的春坪：

　　　　　　我们爱过的人，
　　　　而今何在？他们的红骆驼
　　　　　　去往何方？
　　　　你看到他们的剪影，

仿佛蜃楼幻象，
　　　　穿过沙漠的云光，
被颤动的水汽放大，
　　　　朦胧浮现于远方。

　　　　　　他们前去寻觅
　　　　　　　　阿尔乌海博，
　　　　那里流淌的泉水
　　　　　　　　和生命一样清凉。

我追随他们的遗踪，
　　　　我向东风问讯：
他们是否已经扎下帐篷，
　　　　还是憩息于乐提树的轻荫？

在英译文中东风（"萨巴"）是大写的。它是爱人与被爱者之间的信使，为爱人带来被爱者的芬芳回忆，也是春天到来的征兆。有时它代替被爱者和爱人进行对话。

乐提树标志了回忆中的爱。

她说：在扎鲁得的沙原，

　　　　我离开了他们的营地，

通宵跋涉的骆驼，

　　　　都已倦怠无比。

他们放下帷幕，

　　　　遮住他们的驿亭，

不让正午的炎热

　　　　损伤美人的面容。

　　　　赶起你的骆驼，

　　　　　　追寻他们的踪迹，

　　　　琥珀色的骆驼

　　　　　　与他们对面相逢。

当你在石城的废墟旁止步，

　　　　须知他们的驿站就在不远处，

篝火在朦胧中闪亮，

　　　　点燃起熊熊的欲望；

石城"哈吉尔"是阿拉伯中部的古城，它的废墟引起贝都因游牧民族的敬畏。根据《古兰经》记载的故事，这座城市的人民违反了先知的告诫，杀死了一匹献给上帝的骆驼，因而受到惩罚，整个城市遭到毁灭。

　　　　喝令你的骆驼跪下，

　　　　　　不要惧怕他们的雄狮，

　　　　在你充满渴望的眼中，

　　　　　　它们犹如新生的幼婴。

纪年表

公元前 5000 年	伊比利亚半岛开始出现农业生产
公元前三世纪	罗马人进入伊比利亚半岛
公元五世纪初期	罗马帝国在西班牙的统治开始崩溃
415 年	维西歌斯人定都巴塞罗那
622 年	伊斯兰教创立
711 年	摩尔人进入伊比利亚半岛
756 年	阿布德·阿尔拉曼一世在柯尔多巴即位
785 年	柯尔多巴大清真寺开始兴建
822 年	阿尔拉曼二世开始三十年和平繁荣的统治，柯尔多巴成为重要的文化艺术中心
929 年	阿尔拉曼三世自称哈里发
976 年	首相阿尔曼萨执政
1008 年	阿尔曼萨的儿子去世，柯尔多巴陷入内乱
1013 年	柏柏尔军队进驻柯尔多巴
1027 年	伊贲·哈赞写成《鸽子的颈环》
1031 年	柯尔多巴的最后一个哈里发被放逐
	安达露西亚正式进入城邦分裂时期，或云"塔伊法"时期

1086 年	阿摩拉维德军队进驻安达露西亚，建立军事统治
1147 年	阿默哈德军队进驻安达露西亚，定都塞维拉
1231 年	纳斯瑞德王朝建立，次年定都格拉纳达
1236 年	加斯底国王征服柯尔多巴
1240 年	苏非主义大师伊贲·阿拉比去世
1243 年	伊贲·萨义德编成阿拉伯—安达露西亚诗歌选集《胜者之旗》
1248 年	加斯底国王征服塞维拉
1362—1391 年	穆罕默德五世在位期间，完成了赭城的主要建筑
1392 年	诗人伊贲·赞拉克去世
1401 年	塞维拉的吉拉若达大教堂开始动工
1451 年	未来的西班牙统治者，加斯底的伊萨贝拉诞生
1469 年	伊萨贝拉公主和阿拉贡国王菲迪南联姻
1474 年	伊萨贝拉即位，成为加斯底女王。从此，加斯底王国和阿拉贡王国正式联合为一体，为基督教在西班牙的全面胜利奠定了基础
1478 年	伊萨贝拉和菲迪南建立西班牙宗教法庭，旨在审判犹太人、穆斯林和新教徒
1481 年	格拉纳达国王攻占扎哈拉
1482 年	基督教军队征服阿尔拉玛
1492 年	基督教军队征服格拉纳达
	哥伦布"发现"美洲大陆
1496 年	波亚博第接受了菲迪南的条件，离开安达露西亚，前往北非，客居非斯
1504 年	伊萨贝拉王后去世
1516 年	菲迪南国王去世

1536 年	在跟随非斯国王作战的时候，波亚博第死于战场。波亚博第出生时，占星术士称他是一个不幸者，这份不幸显然一直跟随他到死亡，因为，正如华盛顿·欧文所说："他缺乏勇气捍卫自己的国土，却在捍卫他人国土的时候牺牲了性命。"
1593 年	贝瑞兹·德·希塔的《格拉纳达内战演义》问世
1672 年	约翰·德莱顿创作古典悲剧《征服格拉纳达》
1827 年	夏多布里昂出版小说《最后的伊贲色拉吉》
1829 年	华盛顿·欧文来到赭城
1936 年	安达露西亚诗人洛尔伽被暗杀于他所钟爱的城市格拉纳达

主要参考书目

一 合集

1. *Classical Poems By Arab Women*, edited by Abdullah al-Udhari, London: Saqi Books, 1999.

2. *The Banners of the Champions: An Anthology of Medieval Arabic Poetry from Andalusia and Beyond*, translated by J. A. Bellamy & P. O. Steiner. Wisconsin, Madison: Hispanic Seminary, 1989.

3. *Poems of Arab Andalusia*, translated by Cola Franzen, San Fransisco: City Lights, 1989.

4. *Night & Horses & the Desert: An Anthology of Classical Arabic Literature*, edited by Robert Irwin. New York: The Overlook Press, 1999.

5. *Anthology of Islamic Literature: From the Rise of Islam to Modern Times*, edited by James Kritzeck. New York: Holt, Rinehart & Winston, 1964.

6. *Music of a Distant Drum: Classical Arabic, Persian, Turkish, and Hebrew Poems*, edited by Bernard Lewis. New Jersey: Princeton University Press, 2001.

7. *Desert Tracings: Six Classic Arabian Odes*, translated and introduced by Michael Sells. Connecticut: Wesleyan University Press, 1989.

8. *Spanish Ballads*, translated by Roger Wright. Liverpool: Liverpool University Press, 1987.

二　个人著作

1. Anthony Arberry, *Aspects of Islamic Civilization: As Depicted in the Original Texts.* New York: A. S. Barnes & Co., 1964.

2. *L'Alhambra di Granada* (*The Alhambra of Granada*), texts by Félix Bayón, photographs by Lluís Casals. Triangle Postals, S. L., 2000.

3. Italo Calvino, *Invisible Cities,* translated by William Weaver. New York: Harcourt, 1974.

4. Miles Danby, *The Fires of Excellence: Spanish and Portuguese Oriental Architecture.* Reading: Garnet Publishing, 1997.

5. Richard Fletcher, *Moorish Spain.* Oakland: University of California Press, 1992.

6. Oleg Graba, *The Alhambra.* Cambridge: Harvard University Press, 1978.

7. Ibn Arabi, *Stations of Desire: Love Odes of Ibn Arabi and New Poems,* translated by Michacl Sells. Jerusalem: Ibis Press, 2000.

8. Ibn Hazm, *The Ring of the Dove*, translated by Anthony Arberry. London: Luzac Oriental, 1994.

9. Washington Irving, *Tales of the Alhambra*. Bacelona: Escudo De Oro, 2001.

10. 华盛顿·欧文著，林纾、魏易译，《大食故宫余载》，说部丛书二集第十一编，上海商务印书馆 1915 年第三版。

11. Washington Irving, *Conquest of Granada*. Amsterdam: Fredonia Books, 2001.

12. *Alhambra*, texts by Michael Jacobs, photographs by Francisco Fernandes. New York: Rizzoli International Publications, 2000.

13. Federico García Lorca, *The Tamarit Poems*, translated by Michael Smith.

Dublin: Dedalus Press, 2002.

14. Federico García Lorca, *Collected Poems: Bilingual Edition*, edited by Christopher Maurer. New York: Farrar, Straus and Giroux, 2000.

15. Federico García Lorca, *Poem of the Deep Song*, translated by Carlos Bauer. San Fransisco: City Light Books, 1987.

16. Federico García Lorca, *Deep Song And Other Prose*, translated by Christopher Maurer. New York: New Directions, 1980.

17. Federico García Lorca, *Three Tragedies: Blood Wedding, Yerma, Bernarda Alba*, translated by James Graham-Lujan & Richard L. O' Connell. New York: New Directions, 1955.

18. Ierne L. Plunket, *Isabel of Castile and the Spanish Nation, 1451-1504*. New York: G. P. Putnam's Sons, 1919.

19. Rainer Maria Rilke, *The Selected Poetry of Rainer Maria Rilke*, translated by Stephen Mitchell. New York: Random House, 1989.

20. Raymond P. Scheindlin, *The Gazelle: Medieval Hebrew Poems on God, Israel, & the Soul*. Oxford: Oxford University Press, 1991.

21. Raymond P. Scheindlin, *Wine, Women, and Death: Medieval Hebrew Poems on the Good Life*. Oxford: Oxford University Press, 1999.

22. *Homoeroticism in Classical Arabic Literature*, edited by J. W. Wright Jr. & E. K. Rowson. New York: Columbia University Press, 1997.

23. *Alhambra: A Moorish Paradise*, texts by Gabrielle Van Zuylen, photographs by Claire de Virieu. New York: Vendome Press, 1999.

三 报刊文章

1. 李荣建、程伟红:《中国的阿拉伯文学翻译与研究》,《中外文化交流》1999年第一期,第51—54页。

2. 康曼敏:《漫谈阿拉伯文学及其在中国的翻译和出版》,《阿拉伯世界》1997年第四期,第37—40页。

3. 仲跻昆:《任重道远,责无旁贷——在中国外国文学学会阿拉伯文学研究会第四届代表会议暨"世纪之交的阿拉伯文学"研讨会开幕式上的讲话》,《阿拉伯世界》2002年第一期,第66—70页。

图书在版编目(CIP)数据

赭城：安达露西亚的文学之旅 / 田晓菲著.
-- 桂林：广西师范大学出版社, 2020.1
ISBN 978-7-5598-1876-8

Ⅰ. ①赭… Ⅱ. ①田… Ⅲ. ①游记－作品集－中国－
当代 Ⅳ. ①I267.4

中国版本图书馆CIP数据核字(2019)第114900号

广西师范大学出版社出版发行

广西桂林市五里店路9号　邮政编码：541004
网址：www.bbtpress.com

出　版　人：张艺兵
责任编辑：罗丹妮
特约编辑：张旖旎　田南山
封面设计：陆智昌
内文制作：李丹华
全国新华书店经销
发行热线：010-64284815
山东临沂新华印刷物流集团有限责任公司　印刷

开本：710mm×1000mm　1/16
印张：20.25　字数：220千字　图片：67幅
2020年1月第1版　2020年1月第1次印刷
定价：88.00元

如发现印装质量问题，影响阅读，请与出版社发行部门联系调换。